Seba・蝴蝶

Seba · 蝴蝶

蝴蝶館 53

長春

Seba蝴蝶 ◎ 著

elegantbooks

寫在前面

《長春》可說是《西顧婆娑》的衍生本，卻不能說是番外。因為《西顧婆娑》的男女主角在這裡插花得很少很少，甚至連男主角使君子的出場篇幅也不多。

我只是單純著迷了什麼，就會想寫什麼。因為開始種花，所以寫了個花妖。長春花，就是隨處可見的日日春。既然書名都叫做《長春》了，當然就是她的故事。

《西顧婆娑》在部落格有刊載，有興趣的人可以去看看。http://seba.pixnet.net/blog

謹此。

楔子

很悠長的鈴聲。

口音古怪卻清甜的嗓音，似歌似詠，自我介紹似的唱，「妾名為長春。暮凋謝，朝綻放。」

鈴聲，風聲，台北慣有的綿密雨聲，交雜相錯。「紅花點胭脂，白瓣敷傅粉，無人垂問。」

沒有味道的花香蔓延。花影迴旋。

「堪忍風雨待蝶群，怎奈薄命何。」

花影淒涼驟急，捲起陰森森的風。

「請君化作護花泥，伴妾他鄉作故鄉。」

悠遠的鈴聲漸漸止息，花影浮動，萬籟歸於沉寂。

總統府發出奇怪的火光。

他抬頭，有些疑惑。雖然不太想多管閒事……但是距離這麼近，氣息又是這麼奇異，讓他這個花魂打底的人類修道者都有些好奇了。

奇怪的味道。不屬於這個島嶼……甚至不屬於東方。交通過於方便就是這麼麻煩……不但外來種動植物造成生態浩劫，連外國妖怪、精靈都隨便踩人地盤……是何道理。

但他靠近，卻聽到口音古怪的歌聲，奇怪的火光和味道漸漸減弱黯淡。

「妾名為長春。暮凋謝，朝綻放。

紅花點胭脂，白瓣敷傳粉，無人垂問。

堪忍風雨待蝶群，怎奈薄命何。

請君化作護花泥……伴妾他鄉作故鄉。」

花？

一朵朵迴旋著的五瓣小花兒完整的飛舞，白與粉紅交織，伴著陰氣逼人的歌聲，微帶悲慼的環繞著一個面容清秀的「女郎」。

雪白內裳，粉紅窄袖褙子，鑲著鮮紅的邊。前明的衣飾？

她的面容很平靜，甚至可以說毫無表情，只是一遍遍用古怪的音調唱著陰森森的歌，像是抓著一條蚯蚓似的……抓著一隻不知道哪邊偷渡過來的火蜥蜴。

西方四大精靈之一的火精靈原身，就是火蜥蜴。是破壞力最強的精靈。

如果他沒有看錯……這個自名「長春」的女郎，是個花妖。但應該最害怕火的花妖，只憑幾句「咒歌」，就能徒手抓著那隻火蜥蜴，不但沒被灼傷，甚至火蜥蜴的火漸漸黯淡、發綠，可見是中毒了，明顯有麻痺效果。本來掙扎得厲害的火蜥蜴，慢慢失去行動力。

等他降落在女郎面前時，女郎淡淡的看他一眼，啪滋一聲，活生生的把火蜥蜴掐碎，有些著火的血肉噴到她的臉上，還是淡定的，沒什麼表情。

「……妳不是台北的居民吧？」他問。

「不是。」她鬆手讓剩下的火蜥蜴殘骸從指縫滑落。

「花妖離開自己的家鄉，能力會降低很多……最好不要這麼做。」

這次，女郎正眼看他……一眼，又低頭看向冒著綠煙的殘骸。「我不是台北的植物……但我在此的眷族很多。」猶染著血漬的臉微微一笑，「沒想到是真的。」

「唔？」

「我聽說台北盆地的植物都臣服一個叫做使君子的人類修道者。」她目光平和，態度安然……雖然臉孔和身上都有不少血漬殘肉。「我不是來搶地盤的……只是有些事情要找這島的大人物。」

舔了舔火蜥蜴殘留在指尖的血肉，她泰然，「不必擔心，這個外來種太沒禮貌了，偶遇而已。我很快就走。」

看她施施然而去，頗覺有趣的使君子叫住她，「等等！妳……是日日春的花妖吧？找大人物有什麼事情？」

長春半轉過臉，甩乾淨了手上的血漬碎肉，從指尖湧出乳白的汁液。「請他喝點這個……讓他能催台中某條河川的工程快快完工。那條河已經快被人類整死了，腐敗的味道傳遍我的城市。」

……慢著。日日春是夾竹桃的親戚吧？那汁液都能活活毒死火蜥蜴，人類……

行嗎？

「這不是個好主意。」出於今生為人類的道義，使君子還是出言阻止了，「恐怕妳威脅還沒成功，人已經毒死了。人類的政治運作很慢的……說不定妳會欲速則不達。」

「我很擅長控制劑量。」長春不為所動。

「凡事都有意外。」

「所以？」長春垂手，冒出兩把雪白卻泛著淡淡綠氣的腕刃，「你要阻止我？」

使君子陷入了嚴重的思考中。最後他聳聳肩，「我已經善盡勸告的義務。我前世是花妖，今生是人類……很為難呢。不過……」他氣質出眾的讓他符合人正真好定律，笑得粲然兼帶香風，「不管妳有沒有把人毒死，事情辦完了，都讓我請妳喝杯茶行嗎？」

長春愕然，默默行出幾步，疑惑的回頭，定定的看著他。用植物妖固有的冷淡和疏離，卻讓使君子覺得很親切。

所以他也脫離了慣有的疏離和淡漠，溫和的微笑以對。

「……染了人類的壞風氣，是嗎？」長春轉頭繼續走，「不過你肯罷手，喝杯茶也無妨。」

之後的確沒聽說哪個政治人物被毒死了，長春也如約而至，直接到台大苗圃找他。不過很有常識的穿著白洋裝、粉紅小外套，脖子上掛著嬌小的紅寶石項鍊。

「……薄荷茶可以嗎？」他禮貌的問。

「屍體發酵過的屍水都行，何況薄荷茶。」長春微微一笑，莊重的坐下來。

「那種東西不好吸收，我建議還是徹底腐質後再使用。」使君子將薄荷茶給她，她跟人類無異的輕啜著熱騰騰的茶，半垂眼簾。

太不可思議了。長春花別名日日春，原產於馬達加斯加，十七世紀時傳入中國華南，後來在台灣成為馴化種。但在這島嶼，馴化種成妖幾乎等於不可能……但他眼前有個活生生的例子。

而且是個非常強悍的花妖。

「很稀奇？」長春抬起眼，「據說我故鄉頗多花精靈是長春花。」

「但在這島嶼妳恐怕是絕無僅有……而且能力比你家鄉的花精靈要強太多了。」使君子想了一下，「唔，幾乎是不可能的存在。」

長春微微的笑了笑，「我是個隨隨便便的女人弄出來的怪胎，不必介懷。」輕輕搖晃著杯裡的薄荷茶，「粉紅與白兩種眷族，能馴化於台，也是那個隨隨便便的女人搞的。所以一切都是……隨隨便便的巧合。」

晚明時，十七世紀，台灣是個版圖外的蠻荒之地。荷蘭人、西班牙人、甚至日本人都在這裡出沒，海盜橫行。

女人，很少。在這裡的女人，通常都很悲慘。

「不過，我從種子孵出來以後，從來沒見過那個女人哭。」長春淡淡的，「我萌發的時候，那女人也懷著孕，不知道孩子的爸是誰。但她每天都笑咪咪的，像是天天都有喜事似的。」

輕輕嘆了口氣，「不知道出了什麼差錯，我同時開著粉紅與白兩色的花，她非常喜歡。喜歡到……發現我不能結籽，竟翻出了一本破爛到線都斷了的破書。」

長春扶額，「於是那個隨隨便便的女人，隨隨便便的把我變成妖怪，隨隨便便的因為我成了妖怪，這島所有的長春花因此變成馴化種。但她不是有什麼能力或者是有什麼心願，只是一時興起的隨隨便便……」

使君子啞口片刻，「這也太……唔，變成這樣，應該有相對龐大的契約存在吧？」

「有啊。」長春無奈的笑，「因為她是照著破書依樣畫葫蘆，把我變成妖怪了，才想到需要有契約內容。」她神情轉傷悲，「所以契約內容也是隨隨便便的。」

那個肚子已經很大的女人撫著脣，「哎呀，怎麼辦？我還沒想到契約內容呢？沒有契約內容，妳在此世存不了太久……」

剛剛甦醒萌發智慧的長春，無言的看著自己漸漸崩潰的妖體。

「這樣吧。」女人眉開眼笑的豎起食指，「我哪，很喜歡這個島喔。雖然遇到很多不好的事情……但也遇到很多有趣的事情呀。最重要的是，這是我見過最美麗的島……哪，就請妳為我守護這個島的心臟吧。」

「好是好……」長春發出聲音，終於減緩了崩潰，「但是所謂島嶼的心臟是……在哪？」

「這個……那個……」女人咬著指甲，「大概、可能，在最中間吧？以後妳就好好守住最中間的城市，契約成立，好嗎？」

「……妳答應了？」使君子覺得有點不妙。

「不答應就崩潰消失了，能不答應嗎？」

「……期限呢？」

長春嘆了一口很長很長的氣，「沒有。還來不及跟她討論期限，她已經要生了，還難產。這個隨隨便便的女人，就這麼隨隨便便的死了。但她的那本破書缺章掉頁，我不知道怎麼終止契約。」她神情落寞，「但這還不是最糟的。」

一個妖怪所能遭遇的還能更糟糕嗎？「譬如？」

「她隨隨便便的死了，也隨隨便便的留下一個小孩，拋在荒蕪的家裡，哭聲漸弱。」她撐頤，指頭無意識的分泌毒液到薄荷茶中，像是加奶精，「雖然不在契約內容裡，但我不是隨隨便便的人類。」

初萌智慧的新生花妖，不知所措的抱著初生的嬰兒，在莽莽山林裡漫遊。看到了動物用乳汁餵養崽子，終於明白該給嬰兒吃什麼。

「難怪他不吃土。」

「那是理所當然的吧?!」

「……那時我才剛初生，哪裡會知道？」

但讓動物乖乖不掙扎給人類嬰兒餵奶是很困難的事情。長春試驗了不少次，才沒毒死動物奶娘順便把嬰兒毒死。

「不過，小孩子還是長大了。」長春神情柔和下來，摻雜一點無奈，「但可能是一直少量間接的攝取了我的毒，所以異樣的健康，好像什麼病毒細菌都不怕。生命真神奇。」

……這麼整還健康長大，人類果然是種恐怖的生物。

「但人類真是種討厭的蝗蟲，」長春有些怒了，「我都告訴他我不是他娘，還是一直喊娘。我都告訴他我是妖怪，他反而要我千萬別告訴別人。都娶妻生子了，還帶老婆孩子回來拜見……明明告訴他有多遠滾多遠！討厭死了，一代傳一代的，煩死人……」

話還沒說完，一個陽光健朗的少年朝這邊揮手，笑著喊，「外婆奶奶！」

一直淡定泰然自若的長春，臉色瞬間發青了，「住口。」

「唔，那該不會是……」使君子遲疑的問。

「我很想說不是。」長春額角的青筋浮現了。

「外婆奶奶！」少年跑上前，「咦？外婆奶奶……」他壓低聲音問使君子，「你也是……妖怪叔公或伯公嗎？」

「誰是你外婆奶奶？」長春從牙縫擠出字來，「你們家的外婆或奶奶都在祖墳裡！我是妖怪！跟你們一點關係也沒有！」

「好啦好啦，」少年擺手，「外婆奶奶妳都兩百多歲了，當心腦血管啊，別生氣別生氣……要回台中了嗎？車子我開去保養過了唷，還洗得亮晶晶～☆」

「……吃了你小子！」長春瀕臨爆發邊緣了。

「外婆奶奶是花妖，啃不了的唷。」少年豎起食指，笑得非常燦爛，「哪，剛我跟動漫社學長A了兩罐B1唷，外婆奶奶的本株也該施肥一下……」

長春扶額不語。

「唔，人類真的很可怕。」使君子摸著下巴說。

「恐怖極了。」長春咬牙切齒，「管幾次閒事就繁殖到這麼大一族，衝上來就外婆奶奶的亂叫。」

使君子卻笑得很美麗。人類這種生物啊……隨隨便便又愛呼悠，他也被呼悠得很慘過。但也很可愛，恐怖又可愛。

他比誰都了解長春的心情……只是沒她那麼淒慘。

「可憐的小花兒，」他摸了摸長春的頭髮，「妳在台中是吧？有空去找妳喝茶？」

長春撥開他的手，還沒來得及說什麼，她不知道第幾代的義孫子已經慘叫著喊非禮。

「你給我閉嘴！」長春終於潰了，「再叫你給我滾出去租房子，不要住在我那裡！」

少年可憐兮兮的摀住自己的嘴，目光楚楚可憐。

長春疲憊的揉揉額角，「……我只有夾竹桃茶。」

「我本來是花魂打底的人類，」使君子微微一笑，「品嚐一下應該沒有問題。」

「哼。」長春輕笑一聲，「算是回報你的薄荷茶吧。」她留下了住址。

使君子目送他們離開，想收起茶杯……卻腐蝕得只剩下一個柄。

唔，去拜訪她的時候，還是自備茶水點心吧。他默默的想。

之一　狩守

真沒有想到，有些魔族的血跟人類一樣，都是鮮紅的。

望著指端鮮豔的血跡，她舔了舔手指。唔，連味道都是一樣的。太奇妙了，眼前這隻明明是西方來的蟲魔，居然擁有人類似的血液……她還以為會是綠色的帶著芥末味道哩。

不過魔族的血肉不適合堆肥，容易污染土地，這樣一來，處理屍體就很麻煩，所以她並不想殺這隻蟲魔。

但被她透胸而過，上半身像蒼蠅，下半身長滿盲眼蛇般觸手的蟲魔明顯不領情，抽搐了幾下，還是揮動著殘破的翅膀撲了過來。

「妾名為長春……」她才唱了第一句咒歌，蟲魔就停滯在半空中僵住，周圍的空氣被抽乾，形成一個透明的真空，他雙眼突出，內外氣壓的巨大落差，幾乎就要將他毀滅。

長春偏頭看了他一會兒，伸手按在他的頭顱，「只一句就不行了？太菜了。這樣也敢覬覦我的守地？」

她徒手破開了蟲魔的頭顱，血液和腦漿噴了她半身，依舊面無表情。

那些所謂的魔界貴族到底在想什麼？洋鬼子就是沒大腦，以為花精靈一定怕蟲魔……何況只是株普普通通的長春花？

可惜，她不只是普普通通的長春花。

她可是，背負了龐大的契約，有整個島的馴化種眷族撐腰的終極花妖。那些四肢發達、頭腦簡單的外來種（即使是惡魔貴族）哪裡能懂。

捲起細碎如刃的風，她將蟲魔割得很細很細，隔空掃入一個黑色大塑膠袋。成了，明天拿下去扔垃圾車就行，人類的焚化爐能解決。

土地不會玷穢，花草也不會食了魔屍異變。污染？人類製造的空氣污染強過魔屍焚燒的毒氣太多了……比方說戴奧辛。吸了一丁點戴奧辛，都會造成惡魔重生緩慢的恐怖效果。吸入太多，還會從此復活不能，真正的死翹翹。

所以她應該再也不會見到這隻蟲魔，比殺蟲劑還有效。至於他是誰派來的……誰關心？反正來一個殺一個，來兩個殺一雙。

雖然說，這樣殺孽深重該是某些肉食性植物妖的習性……她這樣柔弱的長春花妖是不應該如此的。

但沒有辦法。她這樣安分的扎根在自己的領域，不但設了圍籬還搭了結界，這些外來種卻爭先恐後、想盡辦法滲入結界來送死……饒他們還不要呢。本地種就聰明多了，遠遠的繞著走，連她領域的圍牆都不敢碰。

「……外婆奶奶！真是太厲害了！」目瞪口呆的純岳瞪大眼睛，對著她嚷，「天哪～我頭回看到外婆奶奶殺妖怪……太威了這！教我教我～」

這年頭是怎麼搞的？蟲魔日正當中來襲擊，應該在學校的小孩中午跑回家來。

「逃學？」她微微皺眉。

「蹺課啦，什麼逃學，聽起來就很遜……」他興致勃勃的衝到長春面前嚷嚷，「教我啦、教我啦，教我怎麼除妖……」

「那不是妖怪，是蟲魔。」長春不想理他。

「教我啦教我啦教我啦……」純岳繼續盧。

為了避免人類孩童看到太血腥暴力的場面，她的結界都附帶「過濾血腥」效果。所以應該噴血的場景……變成噴黑色石油，大大降低血腥度。

但是青少年是種太魯小的生物。脾氣本來就不怎麼好的長春，立刻撤掉了過濾血腥效果，把沾滿了鮮血腦漿的手往純岳的眼前一晃。

原本就暈血的純岳立刻昏了過去。

除妖？我看是被妖除吧。暈血還敢談什麼打打殺殺。她轉身欲走，卻看到明晃晃的大太陽，溫度恐怕破了三十四。

思考了幾秒鐘，她將領域內的枯葉都呼喚過來，蓋在純岳的身上避免中暑。她蓋得很輕，所以縫隙很多，應該不會缺氧。

轉頭回去照料她領域內的花園，完全遺忘了被落葉掩埋起來的純岳。所以她不知道第幾代的義孫子清醒以後，雖然的確沒有中暑，卻花了很多時間從一層樓高的落葉裡頭，想辦法把自己挖出來。

＊　＊　＊

來訪的使君子看到的就是這樣的奇景：身上還掛著泥土爛葉的純岳委屈萬分的來開門。

他睨了一眼，卻沒有多問，只是表達來拜訪長春之意。少年搔了搔頭，將他請入空曠的客廳，就爬上小樓梯不見了。

原本他就覺得長春很不尋常……卻沒想到連她的居處都這麼不尋常。

她居住在市郊的一棟大樓，形狀像是個有缺口的「回」。中間的「口」是庭園，還建了個「S」形狀的水池，橫跨著橋，可池中無水。

但更不尋常的是，這是個藏風納穴之地。東青龍、西白虎、南朱雀、北玄武，四象俱全的被拱衛著。

尤其是象徵「青龍」的河川，緊緊的偎著這棟大樓。

但從管理室進入後，原本囂鬧嘈雜的十字路口市聲，立刻靜謐下來，生氣集中濃郁，像是跨入另一個世界。

花木扶疏，萬物欣欣向榮，連空氣都宛如山林般清新。可看似安詳平和的表象之下，卻隱隱有著龐然無比的某種「東西」盤踞，在大樓地基之下沉眠，暗暗浮動著殺氣。

動用到四象監護，人氣生氣覆蓋，甚至納入極強花妖的領域……這大樓底下，到底鎮壓著什麼東西？

但他不想探查。不管是身為人類修仙者的神識，還是前世花妖的直覺，他都感到極度危險，甚至連注視都不應該。

帶著困惑和興味，他搭電梯到十四樓，按了電鈴。本來這麼多的不尋常應該讓他見怪不怪了，但是看到少年滿身泥巴腐葉的狼狽相，還是讓情感淡漠的使君子詫異了。

因為客廳是這樣的乾淨，連個泥印子都沒有……這是都市的大樓，並不是鄉下或山林。要怎樣才能弄成這樣……？何況他身上的泥土腐葉看起來……很新鮮。

不過他還是很有耐性的等著，沒有多言。只是少年匆匆跑下來，引他到空無一物的樓頂時……他還是驚訝了一下。

這麼強的隱蔽結界！能夠欺瞞他這修道人呢！

跟著少年在看似空曠的樓頂左拐右彎……一個龐大的樓頂花園出現了。髮鬢戴著各色日日春的長春，淡笑著迎接他。

使君子也微微笑了起來。太有趣了，這姑娘。比在台北時更強悍，強悍得如此沉穩。

果然花妖還是不要離開自己的土地比較好。

他奉上點心和普洱茶，長春笑得深了些。「人來就好，還帶禮物喔？」

「有梗！」少年大叫大笑，「外婆奶奶，這是魔獸梗欸！難道妳也在偷玩魔獸？我帶妳我帶妳！妳在哪個伺服器……？」

長春拍了拍手上的土，把乾涸的血跡給純岳看……於是世界清靜了。

「容我去洗個手，失禮了。」長春很斯文的福了福。

「那孩子……」他指了指暈倒在地的純岳。

「沒事，見血就暈。現在溫度大約是三十度吧？還有遮蔭……死不了。」她蹲在蓮花池洗手，看都沒看昏倒的純岳一眼。

奇妙的空中花園。這棟……或說這「群」大樓不是棟棟相連的。原本他搭電梯時瞥見公告，特別標明樓頂不能做任何使用還覺得奇怪……沒想到是讓出來給駐守的花妖長春。

棟與棟之間，有著隱蔽起來的橋樑，纏滿了藤蔓植物。牽牛花、九重葛、蔓性玫瑰……甚至還有株正在盛開的使君子。

幾乎每一棟都有一池蓮荷，岸邊淺水長滿水生植物。緩慢循環流動，從這一棟經由半剖的巨大竹管——直徑起碼超過一百五十公分、剖半之後依然驚人——流向另一棟的樓頂，就在橋樑兩側。

這奇怪的竹子被剖半充當輸水道，卻依舊長葉子，翠綠盎然。而且連接各棟成一個八卦。走在懸空的碧綠橋樑上，可以看到兩側竹子水道潺潺而過，非常清澈，還有些小魚小蝦游過。

一個非常龐大、由建築群所構成的空中花園。什麼植物都有，佔最大宗的不出意料之外，幾乎是各種品種的日日春。白與各色的紅不稀奇，居然也有藍與黑，更令人詫異的是，居然有嬌黃色的日日春……堪稱奇蹟。

「這孩子是變異種。」長春輕撫著嫩黃的花朵，「大概是基因突變之類的……我也不太懂。不過她既然存活著，一定有她的意義在。即使體弱多病難以照顧……也就這樣吧。」

「……這些不是馴化種的，不好照料吧？」使君子淡淡的問。

除了馴化種日日春外，其他園藝種不耐溼熱，往往一場大雨就死於立枯病。

「在我的領地內，不管是哪一品種，都是我的眷族。」長春眼中湧出稀微的柔情，「不會輕易死掉的。」

她引著使君子到空中花園唯一的居所，很趣緻的是個茅草屋。牆上爬著蕗藤，開著一串串的小紫花，令人驚豔。茅草屋頂長著各式各樣的柔細小草，屋緣下一棵棵種類各異的蘭花抓著木柱或屋簷，芳香四溢的怒放著。

「蕗藤能攀延的這樣好？」使君子抬頭欣賞著。雖然蕗藤莖和根都有劇毒，但依舊不損她的美麗。

「契約而已。我延展她的花期，她乖乖攀爬牆壁調節氣溫。」長春的茅草屋前有著石爐、石桌和石椅，甚至拿出一個很不錯的紫砂壺，「那個隨隨便便的女人後代眾多，若跑來台中沒地方落腳……就會往我這兒來。人類很脆弱，夏天中暑、冬天感冒的……我又不給人裝冷氣機和暖氣。」

然後，長春在石爐裡起炭，很違和的提了一個五公升的大罐礦泉水出來，往大茶壺裡注水，擱到石爐上，「人類能喝礦泉水，我猜你也可以吧？」

「當然。」使君子接過紫砂壺，「我來泡。」

「怕我在裡頭下毒？」長春淺淺的笑了，「不會的，你終究已經成了人類。」

使君子坦然，「沒辦法，我怕妳一時心不在焉……上回妳喝過的茶杯，只剩一個柄。我想我道行還沒高深到那種地步。」

「怎麼，來索賠？」長春挑了挑眉。

「不是，來中興參加個會議。」使君子饒有興味的看著她，「我探查不到妳，卻也沒有妳的手機號碼……只好當個不速之客。」

沒想到這個穿著明朝古裝的花妖，告訴使君子她的手機號碼。「雖然常常沒人接……不過我心情好的時候會回撥。」

「……孩子們的孝心？」使君子笑了。

「是騷擾我的工具。」花妖毫不客氣的批評，「沒有電的時代，他們三不五時就燒符打擾我，老被我罵。後來有電了，也沒什麼人記得怎麼畫符，就變成BB call，時代進步了就是手機……非常煩。」

「妳是為了他們才遷居到大樓的嗎？」使君子溫柔的將剛泡好的普洱茶推給她。

「我原本的居處不在這兒。」長春垂下眼簾，捧起那杯普洱茶，「那個隨隨便便的女人死了以後，我帶著她的小孩慢慢的從北部漫遊到中部，後來在大度山定居了幾百年。」

看見使君子驚詫的眼神，長春聳了聳肩，「當時我的本株還是盆栽……很方便攜帶的。」

總是令人啞口無言的使君子，終於被人啞口無言了一回。不是種在盆栽裡，植物妖怪就能隨意移動……哪有那麼好的事情。植物妖怪通常痛感遲鈍、除了火雷以外的法術都能免疫大半，就算被打到只剩下一點血肉，只要本株還活著，有點陽光和水就能燦爛重生。以平均壽命來說，比其他動物性的妖怪長壽太多了。

但天下沒有便宜占盡的好事。何以植物性妖怪遠比動物性妖怪少，就是受限於脆弱的本株。

植物性妖怪的本株幾乎都得地植才能得到大量土氣滋潤，更需要地下靈脈滋養，根本不能隨便移動，移株通常是死路一條。他前世就是殘損太甚，土氣靈氣都無法吸收，不得不植入靈玉盆，用最好的靈土滋養……這樣還是無法恢復元氣，落得只能轉世，去冥府排隊兩百年轉跑道當人類。

結果這個隨隨便便訂契約的初生花妖，拎著一個破瓦罐充當的盆栽，裝一點雜土，就背著人類的嬰兒，從北部流浪到中部。

人比人，氣死人。植物跟植物……也真的不能比。

「使君？」長春疑惑的看著他。

「……唔，沒事。」使君子的語氣有些惘然，「我只是想到『天理循環，報應不爽』。以後我會盡量不要學生和前雇主的小狼狗。」

「啊？」這隻單純的花妖莫名其妙了。

使君子沒有解釋，只是巧妙的轉了話題，罕有的沒有耍人。或許是身為花妖的長春讓他感覺親切，也可能是因為他很識時務。

畢竟台中不是他的領域。再說，一個能夠用破瓦罐裝本株四處遊走的植物系妖怪，本身就是個令人敬畏的存在。

但長春對待人類可能冷淡，對待這個花魂打底的修道人還是很溫和的。他們環繞著植物和種植閒聊，覺得很有話題。但使君子的注意力卻往往被地基以下的龐然巨物轉移。

「睡久了，偶爾也會翻身。」長春淡淡的，「放心，不會地震。四象看得很緊……只是人類真的很煩，把青龍整了個半死不活……還不趕緊完工。」

啊，大樓旁的河川正在施工，第一次見到她，她就是為了這條河川來的吧？

「『青龍』受創很深呢……」使君子定定的看著她，「同時也虛弱了。這樣……還鎮壓得住嗎？」

「真正鎮住他的，是我。四象頂多就是監護、第二道防線。」長春用聊家常的語氣說，「除非連我和本株都枯死了，不然第一道防線不會崩潰。但要讓我和本株枯死……先得毀滅這個空中花園和根基的大樓群、島內所有馴化種日日春才行。」

她無所謂的聳聳肩，「我想沒什麼眾生辦得到這件事情。」

朝下望，使君子還真說不出那是什麼。甚至連是不是生物都無法知曉。「底下到底是什麼？」

「我不知道。」長春語氣平和的說，「他一直在睡覺，我也不討厭他。反正只是打發些被他吸引過來的雜魚……既然人類有禮貌的延請，還把整個樓頂和G棟十四樓送給我……我就來了。」

「…………」

長春在大度山住了很久很久，最近的山村走路得走上一天。她遙遙的看著山下的都市漸漸成形，揣測著那個隨隨便便的女人說的，所謂島嶼的心臟，會不會是這個城市。

但那個隨隨便便的女人，也就生了那個孩子，幾百年卻繁衍成一大群。她養那個孩子到二十歲，就把他踹出家門，讓他自力更生去了。

但人類的小孩真的很煩，明明已經把他踹出去，逢年過節還是帶著老婆小孩回來探親……然後就沒完沒了了。後裔老是有狀況，不是父母雙亡，就是天災人禍……總有些老人還記得這個住在深山裡的「外婆奶奶」，甚至親自來拜訪探親過，遇到沒辦法的時候，或把小孩送來，或燒符請「外婆奶奶」來搭救。

然後就更沒完沒了了。受過她恩惠的小孩子供奉一些她根本用不著的金銀財寶，每隔幾年就來翻修她的住處，沒事幹就拖兒帶女跑來探親兼度假，從老到小，都喊她「外婆奶奶」。

……誰是你們外婆奶奶？

「我是妖怪！誰跟你們有關係，滾滾滾！」每次她都大怒的趕人……可惜這些關係跟她太親密的人類根本就不當回事，還是纏前纏後。

……人類是種害蟲，比蝗蟲還可怕的害蟲！

好不容易熬到科學昌明的二十世紀，「外婆奶奶」的傳說總算淡了下去，她也才過了幾年清靜時光……結果一個父母離異的孤獨小男孩，點燃了從舊書堆裡翻出來的一張髒兮兮的符……差點把他自己和家一起燒掉。

長春很惱怒，非常惱怒。她惱怒人類如此白目，也惱怒自己居然無法視若無睹，耗費大量妖氣的飛馳去滅火兼救人，就是太惱怒了，才把這小鬼抓起來按在膝蓋上狠狠打了頓屁股。

但那個哭泣的小孩子反身抱住她，「妳是爺爺說過的外婆奶奶對不對？外婆奶奶，我跟妳住好不好？家裡只有我一個人……爸爸都不回家，我好害怕。」

「……我是妖怪。」長春冷著臉說。

「外婆奶奶！爺爺說過，外婆奶奶人最好了！是世界上最好的妖怪奶奶！」

她很想不理他，轉身就走。但傳過那麼多代，這個號啕大哭的稚嫩臉孔，依稀還有那個隨便女人的輪廓……和她親手撫養長大的嬰兒，非常相像。

幾百年了。她早已經知道，人類不能食土，不是陽光空氣水就能活。但這個雜亂骯髒潮溼的家裡，卻沒有人類的食物……她不承認那種得用熱水沖泡的防腐麵是人類食物。

妳這隨隨便便的女人，後代也有遺傳到隨便特質的混帳，讓個幼苗掙扎求生或自行枯萎。

除了人類，她也培育養護許多植物……完全是一種植物繁衍的本能——讓種族延續下去。但她不明白，為什麼人類常常違背這種本能。

她抱起那個孩子，想再嘗試看看。雖然各自找到孩子的父母，但他們都不要，說是「不方便」。父親還惡形惡狀的說，他又不是沒有管，冰箱有吃的，每天都有保姆來帶。

根本不知道保姆辭職，家差點燒掉。

長春沒對孩子的媽發脾氣，卻給了孩子的爸兩個耳光。等那個男人驚愕過去，憤慨的撲上來時，她一腳把他踹到牆上滑下來。

「別人我管不著，但你是建斌的後代。」長春冷眼，「我養了你們祖先，有資格教訓你。社會化的哺乳動物比植物還不如……你好意思說你是人類嗎?!」

就是一時衝動，她將孩子帶回來……當時才五歲的孩子。結果她又替那個隨便的女人養孩子，清靜的日子一去不回頭。

她一樣養到二十歲踢出家門，但該死的這孩子不跟他老爸一樣狼心狗肺，又開始了她和人類牽扯不清的緣分。

結果，這個叫做方豐遙的小孩長大後娶了老婆，生了五個孩子，有男有女。這五個孩子長大又各自婚嫁生了孩子……

「我真的快被煩死了。」長春漠然的說，「剛好那時候大度山上蓋了房子，工程吵得我日夜不安，又侵犯了我的領域……我小小報復了一下。結果一個道士來跟我勸說。因為他很有禮貌，又讓業主送了我所有樓頂和人類的房子。

「雖然這裡的確有很大的問題——對別人或許是。但對我真不是什麼問題。妖怪還是得有自己的產業才好，不然人類隨便一圈土地，就可以說是他們家的。」

「莫非妳有戶籍？而且過戶了？」使君子這樣從容的人都變色了。一個有戶籍、有產業的妖怪！明明白白的坦率，不是偷偷摸摸偽裝成人類的那種！

「有啊。」長春撐著頤，往普洱茶滴著乳白的毒液，「那個道士弄的，我也不知道他是怎麼弄的。反正我有戶籍，還有所有權狀。人類需要鎮守，我需要產業，各取所需。」

看到使君子發青的臉孔，她很善良的誤解了，「這是強化玻璃杯，不會腐蝕的……我的毒能裝在特製的玻璃裡頭，而且我沒有加在你的杯子裡。」

啞然片刻，使君子澀然道，「……不是這個。」

「你想要這種杯子？我很多，等等我撿一套給你。」長春誤解的更厲害，「那群孩子總是送太多，說什麼測試，我也不懂。用幾百年也用不完，堆在倉庫裡又沒用，你放心拿去。」

「…………」

純岳就是豐遙的孫子。已經當了爺爺的豐遙，蒼老的臉孔帶著孺慕，將這個讓他最不放心、最跳脫頑皮，考上台中某大學的孫子，親手託付給「外婆奶奶」。

結果，搬家也沒有斷絕她跟這些人類的緣分。雖然豐遙信誓旦旦這是最後一次……鬼才相信人類的信誓旦旦。

「……妳不知道底下是什麼，就敢接下來？」使君子的語氣充滿了無奈。

「某種古老陰暗的東西吧。」長春垂下眼簾，「我猜是某種蠻荒異種或魔種……有時候會發出咕嚕聲蜿蜒盤旋的翻身喔，還挺可愛的。只是吸引來的雜魚有點多……」

話還沒說完，清醒的純岳委屈萬分的走過來，捧著臉喊，「外婆奶奶！妳把我扔在那兒曬太陽……妳看我都曬黑了！不知道要保養多久才能保養回來……」

長春微微移了眼神，右手疾如閃電，陡然伸長分化成無數細枝，撲向純岳……肩上潛伏的一隻宛如烏鴉的惡魔。眨眼間，細枝勒捆絞碎，鮮血肉塊內臟噴灑。

但是長春忘了恢復遮蔽血腥效果，所以純岳兩眼一翻，又暈了過去。

長春眼皮都沒抬，右手縮回恢復光滑細緻的玉手，「雜魚。」

「……那是西方地獄大議長，瑪帕斯。」使君子嘆了口氣，「不是雜魚……不太算。」

「是嗎？」長春訝異了一下，「唔，西方官僚腐敗得厲害嗎？這種貨色也是什麼大議長？」

使君子沒辦法回答她。他總算比較能了解前雇主的心情……的確鬱悶。

本來，個性相似的人會微妙的互相排斥才對……但連這種罕有的鬱悶，都讓他覺得挺有趣。

尚未離開，他已經開始期待下次來拜訪的時候了。

那天他回去的時候已近黃昏，到台北天已經黑了。但想了想，他還是轉去前雇主那兒。

「唔，」他摩挲下巴，「婆娑，這麼幾年，妳還是一點進展也沒有啊……我今天去拜訪一個花妖……人家初生就能拎著個破瓦罐裝本株，從島北流浪去島中了。」

前雇主的臉瞬間就發青了，緊緊握著藥杵，不知道有沒有被捏出裂痕。

他的心情好多了。

之二 無瑕

梅雨季。

暴雨侵襲了整個都市，在長春的大樓卻成了綿綿細雨，隨風飄盪，綿然如霧，潸潸若暮春之泣。

純岳匆匆從管理室衝進大樓，跟隻落湯雞沒兩樣。因為急著避雨，所以這個粗心大意的少年又忘記了，從怎麼下雨也不會有水的池子上方跑過短短的橋。

明明長春叮嚀他許多次，千萬不要輕易渡過那座很小的橋，寧可繞一點路走過來。

結果這個愛漂亮女生又白目，專長是闖禍的少年，在橋中央遇見一個白衣麗人。

非常非常……美麗。雪白的長髮、雪白的衣裳，雪白精緻的嬌容和沒有一點血色的櫻脣。眉毛和睫毛才有很淡很淡的顏色，瞳孔卻是紅的。

白子？一個雪白的白子？

在如泣如訴的細雨中，嫻靜的站在橋上，微微側身，讓道給純岳。

他大概愣了幾秒鐘，上前想搭訕……這是每個正常青少年的正常反應。直到他看到雨滴穿過了朦朧雪白的身影，才驚覺大概看到了什麼……

「……鬼啊!!」他嚇得狂奔，完全忘記有電梯這回事，一口氣奔上十四樓。不得不說，青少年的體力真是好。

等他又喘又哆嗦的衝上樓頂，抱著長春的大腿語無倫次的發抖兼譫語。

「不是告訴過你，不要隨便過橋嗎？」長春連眼皮都懶得抬，「涸池渡橋，很可能會碰到人類不會想碰到的東西。」

「好、好可怕啊～」純岳哭了，「外婆奶奶，妳快趕走她啦……雖然是很漂亮又很稀奇的白子美女……但還是鬼啊！我好害怕……」

長春無語片刻，沉重的嘆口氣。「這棟大樓最可怕的存在是我。還有，誰是你外婆奶奶？」拖著純岳的後領，她把還在發抖的純岳扔進茅草屋裡的浴室，丟了一條浴巾進去就不管了。

季節交替的雨季，作為花妖立起來的結界，本來就會比較鬆懈……這個島的雨水太酸了。但沒有一定能力的眾生，想混進來也不是很容易……何況是最底層的鬼魂。

除非原本是大樓居民，或居民的眷屬。

可是，最近大樓並沒有死人。住在這棟大樓的老人分外健康……算是長春駐居的小小副作用。

那是眷屬囉？但是她在涸橋上設的障礙只針對眾生，人魂可以輕易穿過。為什麼會有眷屬被攔在橋中間？

眾生的能力並不全面。那種文成武就各方面專精，修為既高、打架又百戰百勝、魔武雙修到絕世無雙，無所不知、無所不能的……連神都辦不到，何況區區眾生。

大聖爺算個頂尖中的頂尖吧？不要提剋他的二郎神和世尊，人家這麼厲害也水裡戰鬥不專精。

活了幾百年，她對這點感觸很深。作為一個眷族廣大、關係極度親密的花妖，她比別的妖怪還見多識廣——眷族所見聞即她所見聞。

嚴格來說，只有某些地區特殊些，她掌控眷族比較弱……但也只是比較而已。像是在使君子領域內的台北盆地，基於某種不成文的裡規則，她不會大規模調動馴化種日日春進行激烈的活動——比方戰鬥。但收集情報，監視、探查，還是沒有絲毫問題的。

而且她掌控的雖然只有單一的馴化種日日春，但眷族遍佈全島，勢力之廣，可說本島無妖出其右。只是植物妖本性淡薄，又迫不得已的承受了龐大的契約，更迫不得已的和某些人類有太深的孽緣……真正土生土長的眾生絕對不會皮癢跑去惹她，她也不濫管閒事，只有外國人（眾生……）覬覦她所鎮守的某種古老龐然的物種，才會不知死活的撲來送死。

比起其他妖怪（不管是植物還是動物），她算是博學廣聞，雖然和那種學者傾向的智慧型妖怪比起來，太過淺薄，但她自詡是個有常識的妖怪，不覺得有必要太有學識。

反正教訓白目人類用不到五雷法，絞殺白目外來種用不著根號二。她只需要廣博的知識，得自眷族所見所聞就好了……畢竟眾生的祕密和八卦可能會避著任何眾生，卻不會注意到窗外普通到不能再普通的日日春。

所以她會知道「涸橋不渡」的知識，能竊學道門的初階符法阻擋眾生過橋，卻讓居民或居民眷屬的人魂通過……至於初階符法擋不住的，絞殺或毒殺就是。該當肥料的扔堆肥，不能當肥料的絞碎送垃圾車，非常簡潔明白。

但她缺乏這種「橋過一半」的學識。

想了想，她懶得處理。沒冒犯到她，又走不盡橋。她都能容忍蟲蛇在她的花園出沒了，沒道理容忍不下一個站在橋中央淋雨的鬼魂……還是什麼的。

可梅雨季過去了，那個雪白的「麗人」還是站在橋中央，不管白天還是夜晚。但白天一般人都看不到朦朧得有些透明的麗人，晚歸的人類若靈感稍微強一點就會看到並且嚇個半死，純岳更是每天鬼哭狼嚎。

一來是純岳實在太煩，二來是她發現，雖然緩慢，但那個麗人卻堅持的每日一點點，用一種堅強的韌性，一點一滴的，過橋。

這種韌性……讓她有熟悉感。

觀察了幾個月，就在麗人即將渡橋時，長春終於下了樓，守在橋首。

「你是……花鬼？」長春不太肯定的問。

麗人平和的望過來，「是。我是花鬼。」

太希罕了。明末開島以來，她只見過兩樁花鬼事件。一樁眾所皆知，但真相卻沒什麼人比她更清楚……人類的冤魂將自己獻祭給林投樹成了半妖半鬼的花鬼去報仇。另一樁知道的人就少了……一株幾乎成妖的紅豆杉讓人砍了，冤氣不解，成了純正的花鬼，那張紅豆杉作成的紅眠床，常常令人一睡不醒。

跟絕大部分的人類都擁有輪迴不已的魂魄，絕大部分的妖怪魂魄卻維持不了多久相同……總有特殊而稀少的例外。

「……領域內所有的植物動物，甚至人類我都知曉，應該沒有你的眷屬。」長春有點疑惑了。

「她剛搬來。」麗人靜靜的說，「幾個月吧。只是我過橋很慢，還沒趕上去。」

他說，他叫做「無瑕」。雖然成為花鬼很稀奇……但也沒有比他的出身更稀奇。

他是株白子蘋婆。

植物界的白子通常耗盡種子的養分後，就會枯死。但這株從種子孵出來的白子蘋婆，卻讓疼愛他的主人盡心盡力的呵護，雖然只長了六片葉子，卻活了十年。但已經是奇蹟的極限了。他終究還是枯死，沒能活下去。

「她為我取名，保留著種著我的花盆，每五天澆一次我的屍骸。」他短促的笑了一下，「我被她的執念鎖住，所以成了花鬼。」

「這樣多久了？」長春對同類總是比較溫柔的。

「五年。」

長春倒抽一口氣。五年。木本植物沒有扎根於土，可怕的、飄盪的五年。就好像人類被逼著到水裡生活，即使背著氧氣筒……你淹五年試試？

對植物眾生來說，就是這麼恐怖。恐怖的不是變成花鬼，而是失根。

「我能為你做什麼？」長春的語氣罕有的溫柔。

無瑕微微的驚嚇了一下，看著這個不同種、強大無比足以鎮壓古老龐然邪物的花妖。

他本來以為，自己會被毀滅……說不定也好。但他沒想到這個強悍無匹的花妖願意幫他。

「……最好的辦法是，」他有些苦澀的笑，「殺死她。她一死我的鎖鏈就斷了……說不定我還有機會回輪迴，或者安靜的長眠。」

長春考慮都不考慮，「雖然我不喜歡人類屍體堆肥……太多有毒物質了。但我幫你處理屍體……或者必要的話，我幫你除掉她。」

無瑕愕然，「……妳，長春大人……我聽過妳的威名。為什麼妳願意……幫我到這種地步？」

「我跟人類有很深的孽緣。」長春輕嘆，「但我是植物系妖怪……你懂的。我親手撫養他們，被他們騷擾。比起糊裡糊塗的人類，我比人類更了解他們自己。

強到讓應該沒有情緒、無怨無恨的普通植物變成花鬼的執念……這個人類已經沒有其他可以執著的吧？活得這麼蒼白沒有意思，還不如讓她早點解脫，她好你也好。」

沉默了好一會兒，無瑕交握的手微微發抖。「……但我不喜歡最好的辦法。」他低下頭，「長春大人，請妳……帶我去她那邊。我想親手摔破我的花盆、讓屍骸成灰……應該，就可以……永遠睡了吧？」

其實這不太保險。長春很想勸他。因為重要的是那個女人的執念，並不是他的花盆和屍骸。

他生活過的花盆和屍骸，只是讓執念容易傳導而已。

但長春也不是很愛殺生。畢竟她是個植物性很重的花妖。任何一棵植物，都不會拔根就跑，追逐獵物。就算是肉食性的食蟲植物，也是靜靜等待而已，不會主動獵殺。

而且，這是無瑕的選擇。她從來不愛強迫人。

「好。」長春點頭，上前牽住無瑕冰冷、宛如無物的手，「告訴我她住哪吧。」

長春不太會分辨人的美醜。不過她跟人類擁有幾百年的孽緣，只覺得人類的審美觀變化快速（對妖怪而言）。她初生成花妖時，美女必須面如滿月、線條柔和，幾百年後的現在，美女要顴骨突出、非常立體。

身材更是變化極大。初生時美女要豐圓玉潤，幾百年後的美女要像筷子組合。所以她真搞不清楚無瑕的主人到底好不好看……用植物的眼光當然是非常飽滿，養分一定攝取得非常充足……不過是一個就能抵兩個筷子組合的「現代美女」。

但是對於一個種植了滿園花朵的花妖來說，無瑕主人的配色真是糟糕透頂，像是個發霉的布袋，提著鮮豔過度的背包，縮肩駝背的搭電梯，目光閃躲，不敢跟任何人交接。

「是她？」長春疑惑的看了看這個畏縮得幾乎發霉的女人。

無瑕點了點頭，目光專注的投向那個女人，面無表情的。

長春叉著胳臂沉思。沒有絲毫靈力，沒有半點天賦。這是個普通到不能再普通的女人。等跟著她進了家裡……向來淡定的長春也垮了臉。

大樓的C棟都隔成一戶戶的小套房……就是那種擁有個鴿子籠般大小的陽台，扣掉超級迷你的浴室，剩下的空間剛好夠擺床和衣櫃、書桌，連多放一張茶几都有困難。

但這個小套房卻被垃圾或疑似垃圾的物品掩埋了，連床鋪都找不到。

絲毫靈力都沒有的女人，一無所覺的踩過滿屋子垃圾，隨便把外套和包包一扔，就打開落地門，到外面鴿子籠似的小陽台……

小陽台卻乾淨清潔的讓人驚愕。

在漂亮的花台上，擺著一個素燒花盆，和一株只剩一截枯枝、明顯已經死掉的植物。

「對不起喔，無瑕。」她發出燦爛的笑容，「我今天回來晚了。你覺得怎麼樣？有沒有好一點？嗯……土還是溼的，後天再澆水好嗎？我覺得只有花寶還是不太好……嗯，還是補充一點微量元素，你說怎麼樣？」

輕輕摩挲著花盆，她的表情非常溫柔，「不要睡了，無瑕。別嚇我了……快醒過來……」

無瑕一步一步的走上前，朦朧透明的手伸向那個女人……卻不是掐死她，而是輕輕的擱在肩膀上。

「……我，在這裡啊。我已經死了啊，欣怡！我死了……妳明明看不到我，為什麼要把我束縛在這個世界？讓我走啊！讓我走……求求妳讓我走吧……我很痛苦……」

一無所覺的女人，依舊跟她枯死的植物說話，抱怨或八卦，摩挲著素燒花盆。無視握著她肩膀痛哭的花鬼。

怎麼辦才好？

生活在中下階層，機械似的生活在這個都市。蒼白乏味的度過一天又一天，像是森林最底層的苔蘚……數量龐大而渺小。

可以說，隨便死在哪個角落也沒什麼人會關心吧？這個害羞內向陰沉的人類。沒有興趣，沒有目標，沒有愛情，甚至也沒有友情。一個人類中的失敗者，把自己活得像是一灘爛泥。

就是什麼都沒有，才會有那種發狂似的執念，勉強把不可能活下去的白子硬生生種了十年，又在無瑕死後，瘋狂的把他捆綁在這個世界上，讓他成為不得安寧的花鬼。

這是植物妖……尤其是人類種植的植物妖最大的悲傷，和對人類淡淡卻擺脫不掉的柔情。跟人類緣分太深的植物妖，其外貌和性別，幾乎都取決於種植者的想像。

會成為男性，卻如此美麗毫無瑕疵，跟他的名字如此符合，連變成花鬼都沒更改半分……這個女人，一定把所有美好的情感都投射在她小小的白子蘋婆身上吧……？

「……她活著實在沒有意義。」長春開口，「不如重新來過。我跟城隍有一點交情，或許可以讓她下輩子……」

「不，別殺她，長春大人。」無瑕透明的淚闌珊，擁抱著根本不知情的主人，「死亡真的很痛苦……非常痛苦。連我這樣不應該有痛覺的植物，都不想回憶死亡的那瞬間……請不要，拜託。」

那要怎麼辦才好？植物花鬼的痛苦，人類女子的哀慟。讓她這個以植物為眷族，人類的義親感到非常煩躁。

向來乾脆的她，一把抓起素燒花盆……但那個沒有絲毫靈力和天賦的女人，沒被花盆凌空飛起的靈異現象嚇到，反而撲過去和長春搶起花盆。一直溫順柔美的無瑕頭回現出惡鬼相，咆哮著抓破了長春的手。

長春愣住了，無瑕褪了惡鬼相，更把顏色幾乎褪了個乾淨……都快變成透明的了，何止嚇白了。

那個什麼都不知道的主人，抱著素燒花盆嚎啕，一聲聲喚著無瑕。

「優柔寡斷、婆婆媽媽的小男人！」長春對著無瑕揮拳，「說好的摔花盆呢?!」

「我、我……我沒有辦法……我也不知道……」

「不管你們了！」長春拂袖而去，颳起了一陣環繞著無數各色日日春殘花的風。

「咦？誰家種的日日春啊？」欣怡莫名其妙的拍拂滿身殘花，看到素燒花盆裡頭也有，大驚失色，「不會有種子混進來吧?!會搶無瑕的養分啊……怎麼辦、怎麼辦……」

無瑕無言的望著長春離去的風，又望望驚慌失措的欣怡。

說不定，說不定。說不定他一直都知道，自己為什麼這樣熬著失根的痛苦，忍耐著飄盪，成為不應該有的花鬼。

真是對不起，長春大人。人類的生命很短，我想我能忍耐的。抓傷妳的手，真的很對不起。

對不起。

* * *

非常意外的，使君子接到了長春的電話。他張大了眼睛，並且把手機挪遠一點……長春一定很少使用這種科技產品，幾乎是用吼的。

「使君！聽說現在可以用組織培養植物……枯死的植物也行嗎？」

「唔，科技沒有那麼發達欸，長春。」他推了推金邊眼鏡，「如果確定連根都死了，那就沒辦法逆轉了。還有……妳用正常的聲音就行了，不用喊的。」

「是嗎？喂喂？」

普及了一下手機實際操作常識，使君子好奇了，「妳有什麼稀有品種想復育？我可以想辦法……但死亡是不可避免、無法逆轉的宿命，我不相信妳看不開……」

「我看得開……拜託，我當然沒問題。不是我，是某個人類看不開，把她的植物弄成花鬼了……你上輩子是花魂，應該明白有多難受。」

雖然很想聽她說，但上課時間到了。再說……還可以有適當的藉口去拜訪她，不是嗎？

而且，植物花鬼，多麼希罕有趣。

「我快要上課了……」使君子充滿歉意的說，「唔，或許我去拜訪妳時，請妳仔細說給我聽？」

「好吧。」長春的聲音有些無精打采。

「不一定要種出一模一樣的植物呀。」使君子輕笑，「既然已經是花鬼了，那就很方便。下課我去寄，明天記得收宅即便。」他掛斷電話。

第二天，長春的確收到了一個宅即便的包裹。她拿出裡面的試管，看著泡在不明液體裡載沉載浮的種子……她無言了。

如果沒看錯，這是一種魔界寄生植物，有很多名字，她知道的那種叫做「赴死」，喜歡寄生在死人身上，根系發達後模擬操控宿主……某些殭尸或食屍鬼是屍體被「赴死」寄生的結果。

她之所以會知道，因為西方那群白癡魔界貴族異想天開的扔了一堆種子過來，大概是人間恐怖片看太多，以為能操控大樓的所有居民。

可惜魔界和人間的環境差太多……雖然在冬天投放能夠增生發芽率，但是提高攝氏十度就能殺死所有赴死的種子……赴死最耐高溫不超過攝氏十五度。跟朱雀商量一下，大樓十里內豔陽高照，氣溫抵達攝氏三十度。

最重要的是，當時大樓沒有死人。想在活人身上寄生，對脆弱的魔界植物來說很困難……現代的人類，體內毒素非常高。

溫度加上宿主不良，結果全軍覆沒。

寄給我這個幹什麼？她納悶晃晃赴死的種子……

鬼魂可以附身或憑依。有個宿主，其實就能抵擋人間的陽氣，生存環境也舒適許多。花鬼……也是鬼魂的一種吧？要附身或憑依在人類身上可能很困難，附身在其他健康植物上，鬼氣卻可能弄死宿主。

她注視著載沉載浮的赴死種子。

魔界寄生植物會死於高溫，卻很能耐受邪氣和鬼氣。理論上，無瑕能夠憑依在這顆種子裡，然後寄生在他死去的枯枝內。根系發達後，可以模擬成原株的白子蘋婆。

雖然枯死植物不是赴死最適合的宿主……但肥料適當的話，還是可以有點孱弱的活著。譬如說，在盆土內埋些惡魔的血肉之類的……

那類「肥料」，她可以說多到不要都扔垃圾車。

夏天有點難受吧？但既然是她的領域，驅使一點風降溫，也不是太難的事情。植物嘛，都是可以馴化的。

最重要的是，不用看那兩個糾結來糾結去，她心情會愉快很多。

至於在大樓內養魔界寄生植物是否適合，和寄生植物會不會異變化，造成什麼災難……不在她的考慮範圍內。

我的領域我作主。唱秋就會被修整，魔化危害居民就會被毒死或絞死，一切都很簡單。

她開始覺得使君子又聰明又貼心了，好感增加許多。

＊　＊　＊

這個可以說是災難級的大膽實驗居然成功了。無瑕沒有魔化，成功憑依，寄生了原本枯死的植株，根系發達後，開始冒雪白的葉子。

更想不到的是，雪白的葉子漸漸滲入了嫩綠，雖然不是那麼健康，卻已經在「特種肥料」的加成下，可以舒服的活下去了。

甚至，在憑依了赴死種子並且成長後，吸收了赴死和肥料的魔氣，無瑕開始有了點花妖的味道，能夠離株出魂，在主人欣怡去上班的時候，來樓頂幫長春種花，雖然身有魔氣，卻依舊沉默內向、溫馴柔和。

使君子再來訪，就是看到這樣的景象：長春輕鬆絞殺了來襲的西方惡魔，血淋淋的掏出惡魔的精氣，無瑕斯文的用玻璃杯接著，然後用根吸管更斯文的飲用。

「唔，真沒想到這麼成功。」使君子注視著已經開始呈現顏色的無瑕。食用魔物精氣血肉，卻沒有絲毫魔化，依舊是植物沉靜的心……這樣的花鬼實在太稀奇。

但是跟長春要一定不肯給的。不然有了植株的花鬼實在比較好蒐集……也比較好泡福馬林。

「嗯，我也沒想到這麼成功。」上半身沾滿肉塊碎屑和鮮血的長春淡然的笑，「容我梳洗一下……想嚐嚐紫藤種子泡的茶嗎？」

紫藤種子，有毒。服用會引起噁心、腹痛、腹脹，不停嘔吐和瀉痢。

「……我帶了金萱來，嚐嚐看？」

在長春去梳洗時，無瑕溫文的笑笑，提出五公升礦泉水注入大茶壺，放在石爐上炭起火，優雅的取出茶具。

真是太棒的花鬼了。使君子暗暗的想。好花鬼，不泡（福馬林）嗎？

但長春一定會生氣的。看她破開地獄將軍佛卡洛的頭蓋骨那麼俐落……他就不怎麼想惹長春生氣。

他悵然的嘆了口氣。

一無所知的長春，心情也很好。無瑕「復活」後，那個活像是發霉的女人，突然生氣蓬勃起來。雖然還是筷子組合美女的兩倍大，但她看到那個女人在中庭和別的鄰居談種花，笑得很陽光。偶爾去她家施肥時，垃圾堆已經不存在了，井然有序，窗明几淨。

小小的陽台，又多了幾盆小花小草，環繞著無瑕的本株。沒有為什麼，也不是想得到什麼。就像她撫育照顧植物和人類嬰孩般，打從內心的喜悅。

那天的拜訪，使君子和長春都非常愉快，無瑕很體貼的避開，輕輕哼著風之歌，照料著整棟大樓的花草，沒有打擾他們。

「是個好孩子。」使君子說，語氣有些惆悵。沒能拐回去泡福馬林，最少也拐回去做家事啊……

「還得謝謝你的好主意和種子。」長春笑得非常美麗，飄盪著沒有味道的芬芳……如果忽略掉空氣中殘存的血腥味的話。

真是個好女人。使君子溫柔的看著她。終極強大，卻懷著對眷族和義親有點彆扭和困擾的柔情。

果然還是花妖最棒了。人類女人怎麼都比不上。

回程時，使君子一直想著長春。連破開惡魔頭顱都那麼可愛……滿身血污的笑更是燦爛輝煌。

所以，這個自覺陷入愛河的修道人，照著人類正常程序，送花給長春。因為他工作很忙，要整的……不是，要教的學生很多；調教的小狼狗……不是，教導前雇主小男朋友的武術課程也不能輕易中斷。

所以他還是寄了宅即便。

只是長春拿出燒瓶和卡片時，還是愕然了一下。

卡片寫得很誠摯，也沒寫什麼，就說看到這棵花就會想到她。她也承認這株花開得很美麗……即使用符咒封禁在燒瓶裡。

但這是一株魔化曼陀羅的幼株。

魔界的植物和人間不同，有些品種可以拔根就跑，而且速度奇快，輕鬆追上任何兇殘魔物絞殺或毒死，肥料ＤＩＹ不求人。

魔化曼陀羅，是這些肉食性植物當中，最殘暴最兇惡胃口最大，最惡名昭彰的。

使君送這個給我到底是……？

看著開著美麗的花，可根和藤蔓撓抓著玻璃壁，並且用尖銳的刺刮出刺耳聲的幼株……

長春沉思了。

之三 義親

純岳鬼鬼祟祟的摸回茅草屋。背對著他的長春仰頭沐浴在朝陽下，一動也不動。他暗暗慶幸，千幸萬幸，額手稱慶……剛好遇到外婆奶奶在行光合作用的時候……

正在汲水的無瑕張大眼睛看著他，已經見慣這個花鬼的純岳早已不會尖叫，只是緊張兮兮的眨眼睛使眼色，豎著食指無聲的噓，屏聲靜氣意圖闖關……

「慢著。」長春緩緩的張開眼睛，聲音冰冷，「昨晚哪去了？」

「去、去同學家。」純岳訥訥的說，聲音很小。

「嗯～？」長春氣勢驚人的轉頭，雙眼冒出尖銳的兇光，「你同學家住在墳場裡嗎？身上沾滿了邪氣……還想說謊……」

「只、只是去夜遊而已！」純岳驚慌了，「外婆奶奶妳不知道，做人要合群，不然會被排擠……」

長春跟沒聽見一樣，睥睨的看著發抖縮成一團的純岳，「我說過不准夜遊吧？你這個八字不到二兩的短命鬼跟人夜個什麼遊？」

「不、不要過來！外婆奶奶，我已經二十歲了！妳不能夠這樣對待我～」純岳發出尖銳的慘叫，拚命的後退。

「你剛好活了十八年九個月十二天又六個時辰。」長春冷靜的回答他，「不到二十。」一面折了折骨節。

「不～我已經長這麼大了，妳不可以……不要過來！我錯了外婆奶奶，饒了我吧～」

在這團混亂中，無瑕輕輕的把水桶放到地上，弱弱的說，「長春大人？我、我先回家一趟……長春大人？」

沒有人理他。

揩了揩汗，這隻稀有的花鬼還是默默退場了。等等會很殘酷……純岳會喊救命。救他又不敢，不救又於心不忍……還是先回家吧。

可離「案發現場」那麼遠，還是聽得到純岳的慘叫，讓他有點坐立難安。

最後純岳癱在長春的腿上痛哭失聲，「……人家都這麼大了，外婆奶奶妳還打我屁股！」

「不然打哪？腦袋？我是很想，但我答應你爺爺管教你到二十歲而且不要宰了你。」長春漠然的拎著純岳的後領，將他往旁邊的石凳一放……屁股才接觸到石凳，這個可憐的少年就發出尖銳的痛叫。

長春覺得他實在太誇張。不過就是輕輕拍幾下……而且是拍在沒有重要器官肉最多的地方。她帶過不少人類兒童，很能拿捏輕重了。

但她一個植物系的花妖，當然不能夠體貼青少年魯小又敏感的自尊心。

「罰站罰跪、罰伏地挺身不行嗎?!」純岳哭著指控，「什麼年代了，外婆奶奶還體罰！要打也打手心啊！為什麼打人家的屁股……」

長春沉思的撫了撫脣，「人類的手是很細緻的器官……打斷骨頭還能長好，不當心打斷神經我對你爺爺不好交代。」

原本捧著屁股的純岳趕緊把手交叉縮在腋下，滿眼驚恐。

其實帶孩子帶了幾百年，長春根本不可能打斷小孩子的手……但她不喜歡打手心。人類需要用到手的機會很多，用到屁股的時候比較少。

打腫小孩子的手，又逼小孩子寫功課，在她看來實在太殘酷。跟扭斷牽牛花的藤卻要牽牛花好好爬籬笆一樣荒謬。

她曾經「調教」過純岳爺爺的某個小學老師……那個老師有拿水管抽小孩手心的惡習。她用植物的耐性矯正這位老師的偏差行為：一舉起水管就讓那老師微量中毒，產生暈眩腹瀉種種症狀。

那位老師被她校正過來了，後來聽說拿了個什麼教師獎之類的。

人類這種族很需要教育，從小孩到大人都一樣。

「不想被打屁股就聽話點，夜遊有什麼好玩的？想見鬼我抓一堆來給你看，你可以挑品種。」長春對人類這種又害怕又喜歡的心理很不能了解，「還是我打電話給你爺爺？」

「我保證聽話。」純岳可憐兮兮的回答。

開玩笑，外婆奶奶打屁股是很傷自尊也很痛，但頂多痛一兩個鐘頭就過去了。若是他爺爺來，保證會拎著球棒和棒球……他爺爺曾經是出國比賽的少棒隊投手，老當益壯，這年紀還能百發百中……不管是球棒還是棒球，都是吃不起的。

而且他爺爺奉「愛的教育需要鐵的紀律」為圭臬，並且身體力行之。

兩害取其輕……外婆奶奶，勝出。

但一個精於戰鬥的花妖，實在不擅長祓禊，所以這個八字很悲情的、沒超過二兩的小朋友，還是因為夜遊到不該去的地方染了風邪。

風邪嘛，小事情。怎麼可能難倒見多識廣的花妖長春。但是純岳對於那些五顏六色的，所謂「民間古方」非常沒有信心，死也不肯喝。

「你爺爺，你太姑婆、你太祖爺爺……反正被我養過的小孩沒有一個喝死掉的。」長春很不耐煩。

純岳穿起外套，邊咳邊逃出家門去看醫生。

這小渾球，居然敢瞧不起我。長春微怒，決定不再理睬他。

說是這樣說，但純岳倒在家裡效史萊姆狀時，長春還是嘆口氣，繃著臉去照顧他，整理還沒吃完的藥包，她啞口無言。

以前春族都是遠遠的看……現在仔細一瞧，得，人類真把以毒攻毒拿來當醫藥主流。她這個天生劇毒的花妖都自嘆不如……連風邪都被毒個半死，這真是太奇蹟了。

人類……該說他們頑強還是死不要臉呢？長春扶頰沉思。明明是很脆弱的生命，吃的喝的都敢下毒防腐，挑戰生物承受毒素最高上限。甚至醫藥也用毒來達成恐怖平衡……

真是好神奇的物種啊。

有點陌生卻又熟悉的，在石爐上熬粥，把買來的豬瘦肉切得細細的，用太白粉沾滿，等粥熟了沸騰時，下肉，放薑絲與蔥段，調味。

一面吹涼，一面一瓢瓢的慢慢餵給吃藥祛除風邪，卻也被毒得軟綿綿的義孫子。

幾百年了啊。她一直斷斷續續的重複這個哺育的動作，餵養一個又一個跟她不同種族的人類。從嬰兒到少年。

「人類，真討厭呢。」她對著無瑕說。

無瑕默默的接過她手裡的碗盤，低了低頭，「就是，挺討厭。跟他們在一起久了……連我自己都覺得越來越不像植物了。」汲了水，開始洗那些碗盤，「其實……我滿想幫主人洗碗掃地。可我又擔心她害怕。」

長春無奈的、淡淡的笑了。一種宛如諦觀的笑容。因為現在，她想到的是，瘦肉粥不如豬肝粥，等等要去買塊豬肝。

人類，真是討厭啊。

但是她去得晚了，菜市場的豬肉攤……只剩下一塊毒素很高的豬肝。據她這樣擅長使毒的花妖推測，這隻豬生前一定吃了大量人類促進生長和殺死病菌的毒……劑量非常高，高到不宜食用。

去超級市場吧？結果她皺著眉端詳著包裝精美，但死亡時間起碼超過一個禮拜的豬肝。

後來還是沒有買成……因為有雜魚趁她不在的時候入侵了。

她心情有些陰沉的回家，非常不爽的生剮了這隻雜魚。但因為這隻雜魚有顆豬頭，所以她拿著看起來和豬肝沒兩樣（卻大很多）的肝臟沉思。

比起人間的食物，如果忽視掉魔氣，真是乾淨許多，保證無毒無細菌。

「人類……能吃，這個嗎？」她揚了揚還在滴血的肝臟。

「大概……不行吧？」無瑕遲疑，「人類耐受度很低，很容易被魔化的。」

「說起來……你的花盆埋了些惡魔血肉當肥料，你的主人，沒事吧？」長春這才想到魔物對人類可能的傷害。

「噢，我的主人是很健康的。」無瑕笑咪咪，「她成天都在吃人工色素和垃圾食物，也活蹦亂跳的，那麼一點洩漏的魔氣傷不到她啦。」

「那你要嗎？」長春血淋淋的往他面前一送。

「我已經夠用了……冷凍庫還塞一堆呢。」無瑕搖手，以拳擊掌，「羅羅從剛才就在撞水族箱……可能她想吃？」

「差點忘了餵她。」長春隨手把特大號魔界特產豬肝扔進四尺水族箱（頂蓋已封禁），開得燦爛美豔的魔化曼陀羅俐落的接住，立刻用根捆了個結實……就開始伸展葉子和花朵曬著太陽，每根錚亮的刺閃閃發光。

沒想到能放進燒瓶裡的小東西胃口這麼大……那麼大塊的魔物豬肝只讓她兩個小時就消化完畢。而這傢伙很挑食，對冷凍食品非常厭惡。用尖刺刮玻璃表示抗議。

長春不想理她。小孩子寵不得……魔化曼陀羅也一樣。

後來還是動用了眷族無所不至的情報力，買到了健康又新鮮的豬肝。年輕人嘛，體力好。略略補充，幾碗豬肝加上薑絲和蔥煮湯，就活蹦亂跳，比海鮮還生猛。

跟他們祖宗還真是像……她第一個撫養的孩子也是幾碗草藥和豬肝湯就一切解決……從風邪到肺癆。生命力無比強大，連最韌性的植物都自嘆不如。

「外婆奶奶，我一直很想問……」打開「冰箱」拿芭樂出來啃的時候，純岳遲疑了，「我們冰箱為什麼沒有插電？」

「因為只有殼是冰箱。」長春連抬眼都懶，「混什麼混？不是要遲到了？……不用看了，殼是我從垃圾堆拉回來洗乾淨，電線啥的都拔光了。」

……等等。那為什麼「電冰箱」還冷得結霜？

「不要問，很恐怖。」長春簡潔的說。

「……外婆奶奶！原來妳也是鄉民？妳PTT帳號是多少？哇靠，我不知道外婆奶奶這麼跟得上時代……妳一定是偷偷上線對吧……?!」

長春直接把他從樓頂踹下去，讓他體驗了一次自由落體的實證……當然沒把他真的摔死。大樓有四層樓高的樹接住了他，玩耍似的拋來拋去，讓他安全著地。

但他差點讓那口芭樂噎死了。

「外婆奶奶妳好壞，怎麼直接把人丟下來……會死欸！」他用臉迎接了自己的書包。長春不喜歡囉唆，她都用行動直接表示。

「……不會有事嗎？」無瑕擔心的咬著手指，俯瞰哭喪著臉的純岳。

「放心，他們家的遺傳比蝗蟲還耐操，比雜草更頑強。『禍害遺千年』這個成語一定是為了他們所設……」把「擔心」這麼珍貴的情操用在這群害蟲身上，純屬浪費中的浪費。

「嗯，我不認識他們家其他人，我也覺得純岳體質很堅強。」無瑕點點頭，「我是說，冰箱……那個……」

「安心吧。」長春分類著種子的瓶瓶罐罐，「人類都有無線電了，有個無線冰箱也不會怎麼樣。」

「是、是嗎？」無瑕笑得有點尷尬。

真的，不會，有問題……吧？

但是從十五樓（樓頂）扔下來都沒事的純岳，傍晚卻虛弱蒼白咳嗽著回家，吃力的扛著一個賣菜攤子那種大塑膠籃。

長春立刻多雲轉雷霆，「……我說你呀！……」

「外、外婆奶奶……」純岳咳了幾聲，「我很少生病的。」

「這是純粹的廢話！」長春怒了。她養了那麼多代怎麼會不知道？人類真是莫名其妙，只有第一代間接服食她微量的毒，居然可以那麼反科學的把這種健康到簡直病態的基因傳下去……

可能天災人禍，可能老死，但很少很少是病死的！

豐遙（純岳的爺爺）因為工作壓力太大胃潰瘍，結果放個假，跑來騷擾她，好吃好睡養了半個月……應該很難痊癒的胃潰瘍就好了！

你們這家人都健康到變態的地步，怎麼可能在這麼短的時間內又生病……

「所以我想知道為什麼感冒嘛！我才不相信是夜遊撞到什麼……」純岳抱著頭喊。

「……那你現在……是怎樣？」長春面無表情的問，卻比震怒還恐怖多了。

純岳縮著肩膀，顫顫的從塑膠筐取出三個育苗盤。長春的臉都綠了，無瑕也乾嘔起來。

這是三吋育苗盤，就是人家用來種幼苗的那種，塑膠大盤子有著一個個排列整齊的洞，剛好可以放三吋軟膠盆。一盤大約有十幾個軟膠盆。

但裡面卻是一盆盆或爛或枯，菜乾似的蝴蝶蘭。有的氣根掙扎著從膠盆裡頭爬出來，有的葉子都皺了還在勉強開著很醜的花……軟膠盆裡頭的水苔早已腐爛生苔，有的還發霉。

這沒有幾年的工夫是辦不到的。

相同的族群，相同的掙扎，在灰塵與腐水中。不知道這樣多久了，怨氣醞釀得出邪氣。

「很可憐吼。」純岳咳了兩聲，蹲下去一盆盆小心的搬出來，「如果是擺著日曬雨淋也就算了，塞在角鋼架裡和一大堆雜物在一起。因為是戶外，多少有點雨水，蝴蝶蘭也還耐陰……但這樣好可怕、好可憐……」

他抬頭，流著鼻涕的臉孔滿是哀求，「妳可以救她們吧？外婆奶奶……」

長春沉默了。

她和無瑕的反應會那麼大，並不是看不破生死。植物是很認命的，在哪兒生根就在哪兒發芽，該生該死都是命運的一部分。所以無瑕不怕死，她也不會勉強去救註定要死的植物。

對植物來說，這些都很平常。被吃掉，枯萎死去，被砍伐，默默的生或死，開花或結果，這些都是應該的。

如果這些蝴蝶蘭是被拔出盆子棄置荒野，他們也會平靜接受這種死亡或活著。有了陽光空氣水，該死該活都是植物自己的事情。

但不是這樣上不著天、下不著地的惡意虐待。

人類，既然把她們的一生接收過來，就不要恣意玩弄，在人工的環境、人工的棄置不顧。

連安靜死去的安寧都不給，是何道理？

但人類，人類啊。也會有她養的孩子一樣的癡人。會為了不會哭喊的植物，眼巴巴的回去尋，眼淚汪汪的想救活她們。

「你的『風邪』，就是因為她們。」長春冷冷的說。

純岳瑟縮了一下，還是一盆盆的掏出枯黃腐敗、發著惡臭的蝴蝶蘭，「……我、我大概……知道吧……」

人類啊，人類。

「腐爛的地方不切除是不行的。」長春現出雪白的腕刃，「無瑕，你來幫我，把傷口封住。這樣存活機率比較高。」靜默片刻，「就算你救她們，她們也不會感激你。」這些蝴蝶蘭一定生在怨氣很重的家庭，被人類帶壞、受惡劣環境污染，邪氣很深重了。

純岳大喜，「沒關係沒關係！只要她們還能活下去就好了！」笑得傻兮兮的，幫著把腐爛的水苔掏出來，用袖子抹鼻涕，結果糊得臉上一抹泥。

人類什麼的，最討厭了。長春一面動刀切除腐葉敗根，一面想著。我看著這樣傻兮兮的臉孔幾百年，越來越不像棵植物。

都是人類害的。

後來附近的地基主打小報告，說純岳根本是不告而取，需要嚴厲管教。長春只橫了地基主一眼，「是我叫他偷的。」

地基主立刻潰逃。理論上祂的轄區本來應該是包含那棟大樓，但有長春和上古魔種這種雙重恐怖的存在，祂哪裡敢宣示主權。

後來長春拐去那家看過，果然是個彼此心懷深重怨恨的家庭。人人擺爛，內外雜亂，是陰魅鬼怪最喜歡的居處……那些蝴蝶蘭只是當中的一部分而已。

人類。差異性大到這種程度的物種。

她養育過的，有純岳這樣傻兮兮的笨蛋，但當中也有想拿她去換錢、傷害她本株的混球。

但傻兮兮的笨蛋總是比較多……壓倒性的多。真正的混球，也就一兩個。

大部分都不太好也不太壞，讓她養過的，卻都喜歡回來騷擾她。

討厭的人類。

「人類的確很討厭。」使君子再來訪時，溫靜的說，「我前雇主沒事就忽悠我，還給我取了一個大眾到不行的名字，滿身麻煩，我跟在她身邊時，簡直累死，常常後悔當初就該乖乖死掉，還信她的鬼話，說什麼有機會痊癒。」

他的眼神越發柔和，「但這個闖禍又愛忽悠的人類，卻把她所有福報都給我，鑽盡空子讓我轉跑道……討厭的人類。」

「就是。」長春輕嘆，「讓人不知道該如何是好……該人道毀滅還是好好培育。」

妳不是……又無辜又無奈的培育了幾百年嗎？養了那麼多人類孩子，因此視人類為義親。

真溫柔啊，長春。能喜歡上妳真是太棒了。使君子默默的想。

「還喜歡我送的花嗎？」使君子柔聲問。

「呃？呵……嗯。」長春搔了搔頭，扶了扶鬢邊簇生的各色日日春。猶豫了一會兒，她還是沒問使君子送花的用意。「她滿好的……你想看看她嗎？」

使君子欣然應諾，跟著長春到另一棟大樓的樓頂……然後華麗麗的愣住了。

當初裝在燒瓶的魔化曼陀羅，異樣的美麗燦爛，花開若牡丹，五顏六色的……養在一個七呎大的水族箱。

正常來說，魔化曼陀羅一年只長幾公分而已，能多個一兩朵花就算很會養了，尤其又是不適合魔界生物的人間。但才幾個禮拜……能裝在燒瓶裡的魔化曼陀羅，已經佔據了整個七呎缸的大半，看到有人靠近，就用尖銳的刺刮玻璃，聲音令人牙根發酸。

「看起來又要擴缸了……長得真快呀。」長春微微笑。

「…………」到底是用什麼餵的？這個成長速度實在是……

「啊，該餵她了。」長春雙掌一合，「使君要跟我一起拿她的飼料嗎？」

「長春大人！」無瑕沁汗的試圖阻止，「那個，『冷凍庫』，參觀什麼的……不太好吧？」

「會嗎？沒事的。」她淡笑延請，「使君，請跟我來。」

於是他們下樓，到了地下停車場，然後用一個長春模擬得很像的符文陣電梯，繼續往下。

溫度越來越低，低到他這個出色的修道人真氣都不足以禦寒了。但重點不是溫度……而是他們離這棟大樓所鎮壓的上古魔種，非常非常近了！

他甚至可以感覺到上古魔種像是蛇還是鰻魚般在地底很深的地方，發出氣泡聲蜿蜒翻身。近得……可以感覺到他的龐大，和包覆著他的繭狀物。

以及壓迫感強烈巨大的沉重威壓。

「是卵。其實還離很遠啦。」長春擺手，踏出電梯……在他們眼前，出現一個很大的「冷凍庫」，面積起碼有五十坪以上。裝了大半的……生鮮惡魔屍體。

「惡魔生命力很強，就算打得稀爛，幾天就能夠自己湊好活蹦亂跳。」長春和藹的解釋，「以前我是拿去倒垃圾車，反正焚化爐會解決……但是要冷藏，就必須要到絕對零度……所以我跟咕嚕嚕借了一點溫度。還能夠無線供應樓頂的冰箱喔，不過因為傳導衰減的關係，到了樓頂就只剩下三、四度了，沒辦法維持絕對零度。」

「咕嚕嚕？」使君子澀然問道。

長春指著地下，上古魔種的方向，「你不覺得他老發出咕嚕嚕的氣泡聲嗎？所以我就這麼叫了，他也沒有反對。」

……這樣，真的，好嗎……？

「怕羅羅和無瑕斷糧嘛。」長春說得很自然，「哪天外來種變聰明不來了，羅羅和無瑕怎麼辦？未雨綢繆、防患未然。」

使君子摸了摸鼻子，沒打算繼續討論「使用上古魔種當冰箱是否危險」的話題，看她將屍體分成幾大塊扔進七呎水族箱時，含蓄的說，「其實餵食太多太勤，對魔化曼陀羅不太好。」

「是嗎？」長春轉頭去看魔化曼陀羅。但這株明顯已經學會國語的魔化曼陀羅，對著逼她減肥的使君子狂撓玻璃。

「所以不要擴缸了……長得太超過就稍微修枝一下。會開得更漂亮喔。」魔化曼陀羅玻璃撓得更瘋狂了。可惜她還是幼株不會講話，不然她一定會沉痛的指控，這個氣質絕佳的眼鏡男只有一層皮像君子，底下比最惡的惡魔還黑暗……說謊面不改色的！

「魔界的植物，果然跟人間大不相同呢。」長春微笑，「謝謝你送了這麼奇特的物種來……」偏頭想了下，「有幾棵蝴蝶蘭開始開花了，感覺跟你很像……送你當回禮好嗎？」

Yes！外表冷靜的使君子在心底大叫。沒想到第一次追女生就能有這麼好的開端……

但捧著素燒蘭花盆的使君子，卻有點摸不著頭緒的帶著花回家了。

花很美很奇特……雪白的花瓣捧著墨黑的花心，宛如水墨染成，淡淡的飄著若有似無的香氣……同時冒著強烈的邪氣。

回禮這個給我到底是……？

很值得深思。使君子想。

之四 母性

每天早上都會看到相同的情景。無瑕默默的跟在主人的背後，送她出管理室，張望了一會兒，才戀戀不捨的回頭，到長春這兒幫忙。傍晚也會張望著，等到主人回家，他又默默的跟在後面，一起回去。

「我幫你不是要你當雜役。」長春跟他這樣講過。

這個內向的花鬼雖然沁著魔氣，心地卻依舊是沉靜的植物，馴服柔和。他有些不好意思的回答，「整天待在家裡也不知道要做什麼。」

「你主人回來就能夠做什麼嗎？」長春微微有些無奈，「她看不到你，也感覺不到。她非常缺乏天賦和靈感。」

對於這個廣義的眷族，長春還是憐憫的。植物妖……尤其是被人親手種出來的植物妖往往很不幸……動心的話。但被人種植愛護的植物妖，幾乎不能避免的，受主人很深的影響。

無瑕垂首不語，良久才輕聲回答，「雖然知道……但我總覺得她是知道我的。」

「錯覺。」長春毫不客氣的打擊他。

可後來，連長春都有點納悶。這個缺乏天賦的女人是怎麼回事……簡直像她的飼主一樣莫名其妙。

她少女似的形象，鬢上繁生的各色日日春，是孵育她的飼主美好想像的投射，所以她一直是這個樣子。無瑕的美麗，也是他的主人美好情感的衍生。

應該缺乏天賦毫無感應的女人，卻在無瑕「復活」後，增添了更多美好……原本就非常好看的無瑕，更精靈出塵，鬢邊長出淺綠色的狹長葉子，簇生如羽，連植物都覺得美麗得好看。

改變外貌，更改變服飾。她對著一天一個樣的無瑕無言。沉靜的植物妖很少換造型……而無瑕已經太時尚了。

「我的判斷可能出錯。」長春承認，並且納悶，「但你怎麼會……？」

無瑕低頭笑了一會兒，「……欣怡最近喜歡看武俠……漫畫？」

武俠漫畫？最近人間流行這個？「港漫？可服飾不像呀。」

「不是。是日本的武俠漫畫。」無瑕扶頰想了一會兒，「我也不太懂，偶爾聽她跟朋友講電話說的。有時候我拿來翻，不是擁抱著準備生殖，就是拿長刀砍來砍去……我想既然有砍來砍去，應該是日本的武俠吧？」

這個非常有常識的花妖被搞糊塗了，結果跑去欣怡的房間翻來看……「日本不是武俠，叫武士道。」

「啊？」無瑕睜大眼睛，滿臉無辜，「不知道，我不認識人類的文字。」

……對喔，他生前死後加一加，也才十五年。

「還是認識一下人類的文字比較好。」長春說，「哪天你主人拿錯肥料……比方說拿成洗碗精，你也來得及阻止不是？現在科技很發達的，文字學起來很快。」

「是嗎？那該從哪裡開始呢？」無瑕是很聽話的。

「看電視。」

「……吭？」

「沒有學識也要有知識，沒有知識也要看電視。」長春豎著雪白的食指，很嚴肅的說，「所以看電視是很重要的。有語言又有字幕，學起來快。」

「這樣……好的。」無瑕有點糊塗的點頭。

「電視聲音要關小一點兒，」長春叮嚀，「遙控器也要放回相同的地方。人類是很愛大驚小怪的。」

「嗯嗯，謝謝長春大人。」無瑕很乖的點頭，每天都抽點時間去看電視。不得不說，他是個學習能力很強的花鬼，很快就上手，能夠把純岳買回來的肥料標籤毫無錯誤的唸出來，學會文字以後，還特別喜歡看日本節目……譬如手工達人之類的。

結果他跟純岳變得很有話題，純岳也是那種熱愛ＤＩＹ派……特別喜歡組裝電腦。他喜歡跟漂亮的外婆奶奶住，但電力只有樓下有。空曠的十四樓變成他的工作室和倉庫，結果迷上手工的無瑕常常跟他去工作室拼裝，學著玩電腦……

然後除了看電視，這個單純的花鬼又染上了上網的惡習。

長春看著這個太容易被影響的花鬼嘆氣，「……那些東西沒什麼用處。看電視長知識就好了……」

低頭凝視著自己的手，無瑕輕笑，「有手是很好的，可以做很多事情。」他的笑漸漸沁入哀傷，「長春大人，我還能……存在多久？」

長春眼中的憐憫更深，聲音也放柔了，「你靠憑依赴死又寄生於自己的屍身，其實是很脆弱的。可在我的領域內……你可以存在到足以修成花妖。」

「……如果欣怡離開這兒，那……」

「若還在中都，我應該能幫得上忙。」長春輕嘆，「若離開了這個城市……我可能就鞭長莫及。」

無瑕沉默了一會兒，無奈卻溫柔的笑了笑。「……只要她還要我，我就會跟她走。」

「人類，尤其是她那種缺乏天賦的人類，完全不能回報你的情感。而且這樣的情感，已經超過植物所應有的太多了。」

「沒有，我沒有。」無瑕依舊輕輕的笑，「我沒有要她回報。只是……注視著她，我就很滿足了。」

可悲啊，可悲。家養植物妖沒辦法擺脫的可悲宿命。

眷戀孵育自己、種植自己的飼主。雖然人類是這樣不穩定又短促的種族，雖然她只要想起那個隨便女人就會發怒。

但她還是眷戀、懷念，常常想起她。所以一直撫養著有著她的容顏和血緣的後代。多麼可悲。

就算是白目到一直把他踹下樓的義孫子，她還是懷著複雜的情感養育和教育。討厭的人類。

純岳唧唧呱呱講著很冷的笑話和今日所見所聞的瑣瑣碎碎，一面吃著無瑕煮的飯（現在無瑕很會做飯了，而且是起炭做飯），一面聒噪的說，「妳知道嗎？外婆奶奶……超瞎的！哈哈哈……『小資喝花酒，老兵坐床頭。知青詠古自助遊，皇上宮中愁。剩女宅家裏，蘿莉嫁王侯。名媛丈夫死得早，ＭＭ在青樓。』❶原來宋詞總結起來只有這幾句話！夠不夠瞎？哈哈哈哈～」

❶來源自不可考的大陸笑話。

無瑕也跟著笑，轉頭小聲的問，「長春大人，真的宋詞就這幾句話能總結？……」

「別聽白目小孩鬼扯。」長春冷冷的喝著使君子寄來的烏龍茶。

「是喔，但是很有趣的樣子……」無瑕看著旁若無人手舞足蹈的純岳，「一直想問，為什麼，他們都叫妳……『外婆奶奶』？」

長春撫著茶杯，眼神柔和了些，「人類很奇怪，只承認父族。但我又不是人類……只要是她的孩子……父本或母本，我都沒辦法棄之不顧。所以有時候，我是『外婆』，有時候，我又是『奶奶』。繁衍多代以後……他們不知道該叫我什麼，只好叫『外婆奶奶』……

誰是他們外婆奶奶啊?!我是妖怪！跟他們一點關係也沒有！」長春突然發火，一口灌下非常燙的茶。

沉思了一會兒，這個被電視和網路污染過的花鬼眉開眼笑，「所以，長春大人就是傳說中的……傲嬌囉？」

長春嚴厲的指過去，「那種無謂的知識用不著知道!!」

或許，最喜歡的是欣怡，宿命似的眷戀飼主。但他也非常喜歡、非常喜歡這個總是冷著臉孔，事實上心腸很軟的長春大人。

在她的王畿內，都能得到她的眷顧——遑論是什麼生物。她撫育植物，卻沒有驅趕昆蟲、蛇或小動物。只有在數量太過龐大威脅其他物種時，才會插手控制。

她眼神柔和的照顧同眷族的各色日日春，但也用同樣的眼神觀看著在蓮池嬉戲的魚群。甚至連人類都受到她溫柔的照拂，帶點惆悵的用平衡的環境，潤養這些或幼或老的人類。

雖然她永遠都不會承認，一直都是傳說中的那種「傲嬌」。

「只是被人類污染了而已。」長春冷冷的說，「養過太多孩子……才有這種討厭的母性。」

「但這樣的長春大人，很可愛。」無瑕很坦率的說，一面用玻璃杯接過惡魔的精氣。

「……真、真叫人不舒服！」半身血污的長春全身起雞皮疙瘩，白皙的臉孔湧起淡淡的紅，「知識知道就行了，不要胡亂用！可愛什麼的……噁心！」

無瑕笑得很美麗，斯文的用吸管啜飲精氣。連他這樣微不足道，不應該存在的花鬼，都得到她的憐憫……當然是可愛的，非常可愛。

所以他跟大樓的所有生物才會這麼孺慕她、尊敬她。僅次於宿命的飼主。

但他還是低估了長春的母性。

某天傍晚，他如常的站在管理室門口，等待主人歸來，默默忍受著嘈雜的街聲和大樓外的污濁空氣。

變故來得很快，他完全措手不及。在他知覺到之前，已經被鐮刀洞穿，從長春的領域內拖了出來。

「嘿，魔氣……吃了很多惡魔還這麼弱？」面容絕豔，和人類幾乎沒有兩樣的「人」，掐著他的脖子，「你就是卑賤花精靈養的鬼吧？」

「卑、卑賤？」無瑕困難的冷笑了一下，這是個惡魔，而且是很強很強的惡魔……但是，又怎樣？「你……連面對長春大人……都、都不敢……還好意思說……」

然後無瑕被掐得吐血……或說吐出他好不容易才養出來的一點精氣。「下賤者！跟你說話都污了我……你知道我是誰？我是派蒙！地獄君主之一派蒙！服從我！下賤的鬼魂！所有的死人都該歸我所有……告訴我，聖種在哪?!」

無瑕閉了閉眼睛，睜開來卻是沉靜和冰冷。「我拒絕。」同時現出惡鬼相，咆哮著抓傷了因輕視而沒有防備的派蒙。

因為這個抓傷，讓派蒙苦心設下的魔法遮蔽短暫的失效，雖然他暴怒的將無瑕的頸骨折斷，以至於重創直到本體，卻也讓長春察覺了王畿外的異常，和無瑕的垂死。

這是第一次，無瑕見到長春恐怖的一面。

各色日日春殘花飄盪，卻金屬似的敲擊出鈴聲，披頭散髮的長春面容陰森可怖，宛如地底冒上來的咒歌漾著死氣。

「妾名為長春。暮凋謝，朝綻放。」

派蒙舉起鐮刀……卻被殘花割碎，一個照面就失去兵器。長春的長髮幾乎將她發紅的眼睛遮住了，只有粉嫩的唇湧起殘酷的笑。

「紅花點胭脂，白瓣敷傅粉，無人垂問。」她伸手，粉碎的鐮刀混合著殘瓣，復生為沒有味道卻帶香氣的薄鐮刀，握住刀柄……

比死神還像死神。

派蒙祭起地獄之火，卻讓她揮鐮刀絞碎。薄鐮刀慢慢的沁出青光，滴下毒液，將地磚腐蝕出很小卻很深的洞。

「堪忍風雨待蝶群，怎奈薄命何。」

冰冷的風在深秋裡迴旋，伴著她悠遠的咒歌。

「請君化作護花泥，伴妾他鄉作故鄉。」她舉起薄鐮刀。殘花轉淒厲，宛如鋒利刀雨。發狂的花妖挾帶著狂風捲起的殘花，殺向地獄君主之一的派蒙，美麗得那麼恐怖。

慈愛的母親，淒厲恐怖的母親。從沒見過的大地之母……說不定就跟長春大人一樣。垂死的無瑕噙著淡淡的笑，昏了過去。

費盡九牛二虎之力，派蒙才狼狽的從中都脫逃，後面緊緊跟著追殺的長春。他慌不擇路的朝北直逃……他知道島北也不是什麼好地方，但這裡有個領域性很強的人類修道者，說不定有機會兩敗俱傷，他能趁機逃回魔界。

他傷得很重。這株應該很普通的長春花精靈，卻是這樣的毒……連惡魔君主都吃不住的毒。難怪他的部下都一去不回……但不應該這麼糾纏。通常他的部下若逃出領域，就能生還回魔界……雖然他不會容失敗者活下去。

派蒙更想不通，為什麼普普通通的長春花精靈，能夠正確無誤的追趕他，不管他佈下什麼迷惑混亂法術。就那麼面目平靜的那麼猙獰，毫無畏懼、極端憤怒的殺過來。

他逃入島北範圍。理論上，這個小小的島嶼各有勢力分布，植物妖由於某種潛規則，是不會在別人的勢力範圍輕易動武。

只能說，派蒙的情報力不錯，但還不夠好。

長春漠然的掏出手機，撥給使君子。「使君，」她單刀直入，「我要在你境內殺一個外來種。」

「沒問題。」使君子詫異，「妳在北都？」

「是。事了之後，我帶著他的首級去找你喝茶。」長春掛斷手機。

被逼入死角的派蒙咆哮，「妳知道我是誰？妳以為能隨便殺掉我？我可是……」

「誰理你。」長春舉起薄鐮刀，露出一絲甜蜜的獰笑，「你把我的孩子拖出領域殺，我就處置你。」

「那只是一隻卑賤的鬼！」

長春不喜歡囉唆，用行動直接表達了她的憤怒和不滿。

使君子以為很快就會見到長春，卻沒想到兩個月後，她才姍姍來遲，還隨身帶著「禮物」。

那是……地獄君主之一的派蒙，依舊活著的首級。不斷的蠕動著脣，卻沒能吐出任何言語。

「舌頭和聲帶我都割了，太吵。」長春簡潔的說明，「身體餵了無瑕和羅羅。」

……惡魔君主命太韌不知道算不算活受罪。使君摸著下巴想。「我以為妳只會驅趕……這是大角色，不會跟妳死磕到底……」

「我不管。」長春容顏冰冷，「他差點殺了無瑕。我花了兩個月才讓無瑕好一點……在我的領域、我的城市！不過這隻很難殺死……超煩。」

那當然，這是西方地獄君主之一啊。不過，長春一定不在乎。坦白說，使君也不太在乎……這裡又不是西方。

「送我嗎？」使君子挺感興趣的問，「我能不能泡福馬林？地獄君主的腦袋是很珍稀的標本。」

「本來就是送你的。」長春緩和了些，微微一笑，「我想你喜歡蒐集奇怪的小東西……像是羅羅。你高興泡鹽酸都行，何況泡福馬林？」

「啊，那太好了。」捧著派蒙的頭顱，使君子既有新收藏的快樂，又有心儀對象送禮物的甜蜜，「福馬林我一定特別訂製，讓他永遠跑不出去。」隨便的放在一旁，非常殷勤的招呼長春。

不～

無法開口的派蒙驚恐異常，擠眉弄眼的希望人類修道者能夠放他一馬，最少也讓他的目光蠱惑住。

很可惜，他雖然在西方地獄非常偉大……畢竟是西方。雖然他很擅長蠱惑人類，但使君子只有外面那層殼是人類，裡面還是花魂打底。

要蠱惑植物太不容易了。

所以他很悲情的被泡在特製福馬林裡頭做標本，和日耳曼怪物格蘭戴爾當鄰居。這個東方修道者的興趣實在太糟糕了。掙扎無果又百無聊賴的派蒙很悲哀的想。

西方地獄卻因為君主之一突然失蹤，混亂了好一陣子。其他君主雖然竊喜聖種的角逐者少了一個，但也納悶派蒙的行蹤……

派屬下去探查，卻往往一去不回，讓那個東方的小島嶼蒙上一層更為神祕的面紗。

真奇怪，地獄君主之一，實力很強的派蒙，到底去了哪？

卻沒有人知道，他已經成了興趣詭異的東方修道者的收藏品。至於知情的惡魔，往往後悔莫及……因為也成了派蒙的鄰居。

實在是長春的冷凍庫真的塞不進去了，羅羅減肥，無瑕又吃不了太多。有些造型比較特別的，就會被她打包，親自送去給使君子「玩」。

她的母性就生物（不管是動植物）來說，實在是非常豐沛的……連使君子都澤被到了。

聰明智慧的使君子很快就感受到她豐沛的母性。有點幸福，也有點傷腦筋。他曾經直率的示愛，然後被更直率的接受，表示使君也擁有與純岳相同的地位……或許稍微高一點兒。

他望著前雇主的小狼狗……不是，小男朋友沉思，讓可憐的西顧整個炸毛。

「現在我才知道你有多可憐。」使君子推了推金邊眼鏡，「唔，太不容易、太可憐了。」要把女人的母性轉變為愛情，真是艱辛的過程。

「……你到底在說什麼？」西顧臉孔一整個蒼白，「這是……預言？還是我的未來？喂喂！你不要邊搖頭邊嘆氣啊！到底怎麼了?!是我得了癌症還是葉子有狀況？喂！你不要就這麼走了～到底是什麼意思啊?!……」

聽著西顧的慘叫，使君子覺得平衡多了。

之五　舒活

一直都溫暖陽光的中都，終於有點深秋的樣子。幾場驟雨洗去酷暑的最後眷戀，開始有點寒意了。

長春如常的去照料重創未癒的無瑕，看到鬢邊樹葉敗落、面容憔悴的他，卻坐在陽台有氣無力的秋陽下，一針一線的縫著釦子。

「我說過，人類很會大驚小怪。」長春皺緊眉，「而且你不好好靜養，管這些雜事做啥？」

「欣怡不會發現的。」無瑕低低的笑，原本已經養出點顏色的他，又因為這次重創而褪到毫無血色，「她很粗心，都沒注意到這些釦子快掉了。」

「這個呢？」長春冷冷的拎起一件修改過的衣服。這個熱愛手工的花鬼，有很優秀的審美觀，將一件配色相當糟糕、他那個營養過剩的主人穿起來像米其林人的襯衫，改得顯瘦又有型，並且用植物的方法重染過，顯得順眼柔和。

「她只會說，『咦？我幾時買了這件衣服？』然後很高興的穿出門。」無瑕笑瞇了眼睛，讓他毫無血色的臉龐容光煥發，「人類記性很差的……不要緊。」

「……是你不能勞神。」

無瑕的笑模糊了一點，「有手，真好。」他端詳著自己白皙的手，「是不是因為有手這麼便利……所以許多生物才渴望變成妖怪？」

「不知道。」長春回答的很乾脆，「誰管他們？但我肯定不是因為這個理由。」

「但我因為這個理由……不想死欸。」無瑕低下頭，「本來覺得只要到欣怡和我分開，就可以死了。可現在……我卻、卻很想繼續活下去……是不是，長春大人，是不是，很貪心？」

「……不是。」長春微帶悲感的回答，「『生存』是任何生物的本能。會自殺，是因為生存環境不適合……或覺得不適合。人類或動物植物，都是這樣。」

其實無瑕活得很不容易。他等於是間接又間接的存在於世。萬一失去植物沉靜的心……說不定長春得親手處置他。

「不要隨便現出惡鬼相。」長春板著臉叮嚀，「惡鬼相出現得太頻繁，很可能就會被魔氣侵蝕了。」

無瑕溫順的答應了，但長春並沒有因此放心。畢竟他依賴魔物精氣維生，又使用魔物血肉當肥料，一個不小心，就可能出狀況。

尤其是被人類情感污染的植物，特別危險。

不過她沒有憂慮太久。作為一株長春花妖，她不似人類那麼擅長糾結。畢竟再怎麼危險，也不會比她所鎮守的魔種危險。

大概連羅羅都比不上吧？

一面掐著羅羅的莖蔓，一面把差點被她的根勒死的吉娃娃拖出來，毛已經被扯得七零八落了。

果然還是不能放牧啊。長春想。或許不該把派蒙的身體扔給她吃……現在七呎缸已經占得滿滿的了。長春先是上了鏈子，放養了幾天，發現她對人類和動物興趣缺缺，才解開鏈子，任她捕捉跑來送死的外來種。

誰知道，可能白目的人類看不到她，萬事大吉，但很白目又神經質的吉娃娃對著羅羅狂吠，把她惹惱了。

其實她也討厭這隻該該叫、老對著她張牙舞爪跳來跳去的玩具狗。可就算討厭，也沒想過要宰了牠。那是居民的寵物，會很傷心的。

看吧，才脫落幾撮毛，夾著尾巴逃回主人身邊的玩具狗又沒性命之憂，牠的主人已經尖叫到整個大樓都聽得見，活像火警警報。

「不是告訴過妳不能動大樓任何生物？」長春心平氣和的講理。

羅羅咆哮著，將藤蔓和根都纏在長春身上……然後顫抖兩下，啪的一聲，倒在地上cosplay中毒僵直狀態。原本豔紅的花朵褪得慘白，葉子和刺都垂了下來。

「欠教育？」長春拎著癱軟的羅羅，「果然像使君說得一樣，得修枝才行……」

於是可憐的魔化曼陀羅被強剪，修得很苗條，七呎缸綽綽有餘了。只是過程慘叫得很淒厲，剪下來的枝條還試圖逃跑……都讓長春濃郁的毒液給毒死光了。

第二天，感覺好些的無瑕上樓頂幫忙，被慘兮兮的羅羅嚇壞了。「長春大人！

有人對羅羅下毒手……」

「沒啊。」她回答的很冷靜，「我幫她修枝了而已。」

這未免也修得……太多又太難看了。

「放心，很快就長出來了。」長春不為所動。

的確，很快的，羅羅萌了新芽，沒多久就又開始開花，對長春異常巴結和討好……但是使君子來訪時，就會發狂的對著使君子撓玻璃和咆哮。

「……長春，妳修過枝了是嗎？」使君子撫著下巴，頗饒趣味的望著魔化曼陀羅問。

「修過了。」長春微笑，「果然修過枝乖多了。」

「外國魔界的小東西都需要時時修整。」這個沒有民族主義卻有偏執地域主義的修道人閒靜的說。

沒有地域主義卻被這些外來種煩透的長春點頭，「我同意。」

羅羅朝著使君子更瘋狂的撓玻璃兼咆哮，卻在長春斜睨她一眼時立刻安靜下來，順了刺，非常巴結的拚命開花。

果然不該送魔化曼陀羅……前雇主的話偶爾也值得參考。望著魔界兇殘第一的花卻如此諂媚，使君子默默的想。

只是他也沒想到，原本很迷你的收藏品，會讓長春養得如此巨大，性情又非常惡劣。所以從善如流的使君子，這次學聰明了……他送了幾個外國園藝種酢醬草的球莖，還有一盆只有走莖無球莖的大霸尖山酢漿草，學名為Oxalis acetocella ssp. Taimoni。

那些外來園藝種就罷了，大霸尖山酢醬草真讓長春驚喜莫名，「這孩子要特別照顧呢！平地恐怕長得不太好……」

「帶學生出去時看到了，順手採來。我想妳會喜歡……妳也不會有問題的。」

果然長春非常感動，植物妖很少離開本株太遠，像她這樣輻射到整個中都漫遊的植物妖已然少見，更不要說還翻山越嶺。

所以長春是很罕見的，會逛花市的花妖。遇到喜歡的品種，也會花錢買下來——歷代子孫供奉的無用金銀終於有了用處——更多的是在路邊救死扶傷，看到環境不適合快枯死的植物，她能在當地救就救，不能就帶回來。

看著她露出溫柔美麗的笑容——當然是對著大霸尖山酢醬草——使君子暗暗鬆口氣。果然外國貨不可靠，特別是西方魔界的出產。還是本土的最好，安全又不會有副作用。

「對了，一直沒問那盆蝴蝶蘭。」長春猛然想起，「之前都來去匆匆，沒探望她……還好嗎？」

使君子的笑空白了一下，推了推金邊眼鏡。「唔，好得很，開了半年的花還沒打算謝。」

只是邪氣逼人而已……他的學生不敢跟那盆蝴蝶蘭單獨相處，常哭著喊著逃出養育黑心蘭的溫室。使君子是不在乎學生哭泣哀求，但是這花的邪氣實在太重，危害到周遭的植物了……方圓五尺內，死的死、傷的傷，非常違背植物向光性的輻狀朝外長，就是希望離開那棵邪氣充沛的蝴蝶蘭遠一點。

最後只好把這株黑心蘭帶回家，擺在陽台不會直射到陽光的地方……因為他是唯一不受影響的人。只是太多的邪氣會引來鬼魅……讓他居住的大樓成為北都鬼故事發生最頻繁的地點，聲名大噪，但房價猛跌。

被倒楣屋主請來解決問題的「大師」，發現根源居然是令人敬畏的「前輩高人」，而且都有點熟。

「前輩高人」拒絕銷毀植株，可眾志成城，卻沒商量出一個隔絕邪氣的辦法。

這些大師後進非常悲傷，也不敢跟「前輩高人」講，之所以沒辦法隔絕那株該死的蘭花天殺的邪氣，是因為您老人家跟她氣息太接近了……只是濃郁放大許多倍。

「唔，我住在這裡，雜魚鬼魅是不會傷人命的。」前輩高人很不負責任的說，「不如當個賣點嘛。聽說英國鬧鬼的古堡都有人花大錢去受驚嚇。你們還可以順便接點收驚的業務。」

這些大師後進有些自暴自棄的轉告業主，結果真有幾個業主改成日租公寓形態，特別強調是「猛鬼公寓」。結果客人趨之若鶩，預定到明年去了。住附近的大師後進更是收驚生意接得眉開眼笑。

只能說現代人類都有點兒活得不耐煩，喜歡找刺激。

但是每天都受鬼魅眾生瞻仰的滋味實在不太好受。使君子想。居然有鬼仰慕的偷偷在他的信箱放冥紙，請他簽名。

邪氣逼人的蘭花充滿怨氣的盛開，對他很不友善。若不是長春親贈的，他就抓去泡福馬林，看她還會不會惹麻煩。

「我們相處得很好，我很喜歡她。」使君子面不改色的口是心非。

「那就好了。」長春笑得溫柔，「我也挺喜歡羅羅的。」

看著諂媚著開花的兇殘魔界植物，使君子鬱鬱的喝了口茶。

＊　＊　＊

這天，天氣很好。入冬了，但中都的反應懶洋洋，一副完全不知情的模樣，藍天白雲，氣溫還有二十九度。

或許是，晴天總讓她心情非常好，所以純岳氣急敗壞的打電話回家，求外婆奶奶把他的筆記型電腦送去學校，她也不像以前那樣摔電話，只是淡淡的說，「你小學生？還會忘記帶便當？」

「是筆記型電腦！」純岳要哭了，「外婆奶奶！我馬上要用到……沒有筆記型電腦，兩分鐘後教授就會宰了我！」

「白癡。」上什麼大學，連小學生該懂的譬喻都不懂。她掛了電話，走到十四樓收起純岳的筆記型電腦，一分半鐘後就出現在他面前。

「外婆奶奶……」純岳熱淚盈眶，「妳果然還是愛我的！」

原本想讓他用臉迎接電腦，想想這麼一砸，人受傷會自己好，電腦這種脆弱的高科技產品可能就壞掉了，那就違背她特別來一趟的本意。

所以她很斯文的壓著白洋裝的裙襬，將純岳踹到後面的牆壁上，輕輕放下電腦。

從進教室到出教室，不到五分鐘。長春就俐落的完成了送電腦和踹孫子的一連串舉動，嫻靜的離開了。

「……喔揪桑麻❷。」、「正港的大小姐啊！」、「純岳你幾時交到這種……貴族形態的野蠻女友？」、「可惡，你幾時脫團的～～沒義氣啊混帳！」純岳的同學沸騰了。

除了屁股有點疼，事實上沒有大礙的純岳，灰頭土臉的爬起來，提起筆記型電腦，「那是我輩分很高的女性長輩！沒聽到我喊外婆奶奶嗎？滾開！死色鬼……」

追向教授的方向，一面大喊，「教授～～～我真的有寫報告～～～只是忘記mail給你而已～～我現在就交不要當我～～」

都走出這麼遠了，還聽得到純岳的叫聲。笨蛋。真是她養過最笨的傢伙。

但她還是湧起很淡卻無奈的寵溺。

或許就是因為天氣太好，所以她這個事實上很宅的花妖，在學校裡閒逛起來。有點歷史的大學都會有許多許多樹和花，知識和青春暈染下，這些植物也活潑有朝氣。一叢金鳳花非常賣力的開著，試圖吸引她的注意力，花朵真宛如蝶群。

她溫柔的凝視著這樣年輕的植物，回報金鳳花的燦爛，她也微微一笑。這一笑，卻讓周遭含苞待放或正在綻放的植物紛紛伸展枝條，走過的地方奼紫嫣紅，好不熱鬧。

❷喔揪桑麻，由日文發音直接音譯成中文。日文原文為「お嬢様（OJOUSAMA）」，意思為小姐。

在應該蕭瑟的初冬，季節感受遲鈍的中都校園，充滿了植物愉快的騷動。畢竟她看守中都兩百餘年，雖然不曾征服、不曾宣稱，但植物群還是竊竊私語著她的傳聞，孺慕這個待她們最親切的花妖。

很多植物妖一萌發了智慧，就會用高人一等的態度對待原生植物群。能夠這麼平等，並且憐愛看待植物群的，恐怕只有這個在妖怪中其實還算年輕的長春花妖。

但對長春來說，妖怪什麼的，沒有高到哪去。追究根本，她還是植物。若不是那個隨便的女人，她現在也愉快的櫛風沐雨，度過短促卻滿足的、屬於長春花的一生。

既然已經被迫成了花妖，那就不妨舒緩的活著。可這不代表她比未成妖的植物群高貴。

她深愛著自己日日春的直屬眷族，親密無間到知覺共享。但對於廣義的，將根扎在黑暗中，卻仰首追求光明的其他眷族，她也是喜愛的。

因為她不能結籽，所以更憐愛所有幼苗。

植物，是很溫柔的。謙卑、樂天知命。她怎麼能不愛？對動物她會淡薄一點，但也不覺得討厭。畢竟都是大道循環的一部分……也就是人類所謂的生態。

甚至連她所看守的上古魔種，她都有種淡淡的喜歡……

唯一能讓她討厭的，只有那些覬覦、試圖掠奪，毫無禮貌可言的外來種。

就算眼前的西方惡魔有著紳士般的外表，虛偽的禮儀，還是讓她非常討厭。

「長春大人。」他深深的彎下腰，看也沒看滿面病容、堵在管理室門口滿臉戒備的無瑕，「晚輩等待您很久了。」

長春不動聲色，朝無瑕示意，他為難一會兒，默默的回到長春的住處，坐在一旁。

她讓這個「紳士」進入領域，甚至奉茶招待。她的本質並不喜歡打打殺殺，畢竟她的心依舊是植物。

「吾名為古辛，侍奉君主塔布，並為塔布君主向您致意。」紳士笑容非常親切，能力應該也非常強……鄰近的小動物都著迷的聚集而來，異常馴服，連猛刮玻璃的羅羅都安靜下來，所有的花朵朝向他。

但長春和無瑕，是兩棵很純粹的植物。想要動搖植物的惡感，這種程度的魅惑術還不夠。

「這些虛的就免了，敬稱也用不著。」長春冰冷的說，「有事說事，沒事滾蛋。」

大概是頭回撞到鐵板，古辛愣了好一會兒，才尷尬的咳嗽一聲。

「……長春大人，您所看守的是我魔界聖種。」他努力展現優雅（和轉化敵意的魅惑術），「塔布君主希望您能奉還……當然，您苦心看守保護聖種，只要是您的希望，我們都會竭盡全力的滿足……」

他魅惑得更深些，「比方說，讓您成為人類，也不是什麼困難的事情。」

長春睫毛微抬，「長命百歲的當人類……你咒我短命？」

古辛啞口片刻。這還真是從來沒有過的事情。他名列所羅門七十二惡魔之列，卻沒什麼人類記得他、留下任何不良的記錄，就是因為他將敵意徹底轉化成善意的魅惑術。

武力上，他並不強，但他靠這招魅惑術，再強的惡魔甚至是天使，只會化為繞指柔。就是因為這個特別的天賦，君主之一的塔布才會再三拜訪，延請他成為宮廷顧問，身分非常崇高。

他對「說服」非常有信心。若不是派來取回聖種的高等惡魔不是有去無回，就是鎩羽而歸，塔布君主也不會動用到舉足輕重的心腹軍師。

但看起來，擅長談判魅惑的古辛，鐵板撞得有點頭破血流。

妖怪精靈，尤其是和人類緣分太深的妖怪精靈，不都渴望成為人類？既然不屑……那就是更龐大、更艱鉅的願望了。

「或許您願意歸化魔界？塔布君主提起，願意與您平起平坐，封您為后。將來魔界統一，您就是魔界的半個主人……」

「魔界一年全日照不到五十天。」長春寒了臉，「我要那破地方幹嘛？天天幫魔界植物和動物修枝？」

「如果這是您的願望，當然……」

長春打斷他，轉頭對無瑕說，「看到沒有？當外來種惡魔實在很差勁，智力下降得非常低。所以你不要頻繁顯現惡鬼相……魔化是沒什麼，智力下降到聽不懂反諷就悲慘了。」

「您說得是，長春大人。」無瑕戒慎恐懼的回答。

向來沉穩的古辛終於被激怒了。他沉下臉，「長春大人，妳跟人類的緣分太深，有很明顯的弱點。」

長春終於捨得正眼瞧他了，露出一個甜蜜的獰笑，「來啊。」她指端湧現雪白的毒液，落地發出嘶嘶聲，狂風大作的颳亂一頭長髮，只露出粉嫩的脣和鼻端，挾帶著鋒利如芒的殘花，「試試看啊……妾名為長春！」

這個武力不強的惡魔逃避得很狼狽，「妳根本不知道聖種的價值！妳知道聖種是……」

「我不要知道，關我什麼事情？」長春揮下了沁滿毒液的腕刃。

但武力不強的惡魔，一定有什麼專長才能在弱肉強食的西方魔界生存下去。古辛不是只有魅惑術很強，逃跑的速度也是一級棒……當然也是長春懶得去追。

她彎腰，撿起戴著華麗珠寶、保養得很白皙的手臂，收回留在斷裂處的毒。

惡魔生命力強韌，應該可以熬到逃回那個什麼君主的面前才斷氣吧？她沒下很重的毒……大概還有復活的希望。

總是要留個舌頭去警告那個什麼君主的，省得太傻，跑去綁架隨便女人的子孫們。雖然因為眾生間的恐怖平衡，外來種也有忌憚，不怎麼敢這麼幹。

那隻手臂，被她打包寄生鮮宅即便，給使君子玩去了。他一定會喜歡的……以前他就說過什麼可以實現願望的惡魔之手，很想收藏。

古辛之手。聽起來就很了不起。

人類嘛，總是有這樣那樣奇怪的癖好。像是她就不懂純岳老把電腦拆得雞零狗碎又湊回去，然後少一、兩個零件什麼的，就在他眼前視而不見的亂翻，並且樂此不疲。

他的爺爺豐遙，從長春摺了一個紙飛機給他以後，就開始迷那種會飛的玩具，一直玩到大學，她的花木常跟著豐遙的遙控飛機來個同歸於盡，不知道挨了她多少罵。

即使是花魂打底的使君子，畢竟還是成了人類，毫不例外。

在夜深人靜的時候，她獨自進了地下室的符文電梯……直到任何人都沒到過的深處。

她和所鎮壓的上古魔種，只隔了一層一、兩百公尺的濃郁寒氣。只是這些寒氣卻有意識似的迴避她。包裹在卵裡頭的咕嚕嚕，發著氣泡聲，蜿蜒盤旋。

「我不想知道你是什麼……甚至拒絕外來種跑來接你。」長春感受著寒氣之下的卵，輕聲的說。「一來，是他也提不出什麼證明……我想他缺乏有效的所有權狀或出生證明之類的；二來，鬼才知道他們要拿你做什麼。

我不在乎你是什麼。我答應鎮守你，就會好好的守著你。除非大樓傾頹，除非眾眷族與我一起枯亡。如果沒有同時滿足以上兩個條件……就不要想有人能帶走你。

但你會孵出來吧？總有一天。若那天來臨，你想要自由……那就來吧。來到我這兒……直到我殺死你或你殺死我，來吧。」

長春垂下眼簾，笑得很美，一種陰森卻燦亮的美麗。

「我很期待那天。在那天之前……我會保護你。」

上古魔種沒有回答，只是發出一串氣泡聲，徐緩的在卵裡轉身迴游。

殺死咕嚕嚕或被咕嚕嚕殺死，其實都沒有關係。殺死咕嚕嚕，那她和道士的契約就完成了，她鎮守到最後。被咕嚕嚕殺死……那也無所謂。她既然已經結束生命，這世界於死去的她而言，就沒有意義。

她並不覺得自己會成為花魂或花鬼，因為她本身並沒有什麼怨氣和執著。所以，死亡就是終點。這很好。這也算是完成誓約……她和隨便女人訂下的契約，終於有了期限。

舒舒然的活著，也希望舒舒然的死。完成一株長春花妖的所有契約，這樣就可以。

接到生鮮宅即便的使君子驚訝又感動。他也才提過一次，長春居然就放在心裡記著。

這個只有一層皮是君子的氣質型男，非常選擇性的忽略長春母性發作的可能，堅定並且絕對的認為，這可能是長春的一小步，卻是他戀愛史上的一大步。

新鮮的古辛之手啊！該怎麼炮製才能有傳說中實現願望的魔力呢？

就是心情太好，所以古辛偽裝成其他教授試圖騙回自己的手時，使君子很親切的給他看……在他試圖逃跑時抓了回來，非常例外的沒有泡福馬林。

而是當著苦主古辛的面前，將他的手製成傳說中的「惡魔之手古辛版」。

據不可靠的傳言，古辛回西方魔界後，看了很久的心理醫生，從此還有對人間恐懼的毛病。

之六 土地

每個月初五，長春會外出一趟。之所以選在這一天，並不是有什麼理由……只是容易記罷了。

她和第二道防線的四象關係有點類似同僚……雖然交集不算多。但對於生命悠遠到幾乎沒有盡頭的神靈與妖怪而言，時間感如此遲鈍，交集已經算不少了。

當初將他們招來，訂下契約的道士已經老死，但契約依舊沒有結束。他們勢必要看守著依舊是卵的上古魔種，但人間的信仰已經漸漸淡薄。

呈現在人間的四象，依靠的是人類的記憶才足以存在。如果人類再也沒有人記得何謂四象，他們也就不能在人間了。

雖然奇怪，但是一個年輕花妖的參拜，能夠累積「信仰」，這四個神靈都覺得有趣，待她挺親切。

所以，當道士老死以後，他的子孫沒有興趣繼續維持祭禮，長春就接手過來了。目前看來，大致上還好……除了差點被整治死的「青龍」。

四象神靈的本體都不在人間，勉強說明，就是憑藉著某象徵物滲入一絲裂出的神識。

白虎霸佔了西邊的道路，玄武寄身在北邊的小山，朱雀進駐了南邊的廟宇，青龍……則在大樓依偎著的河川棲息。

大部分都還能適應人間，只有……倒楣的青龍，被整得奄奄一息。畢竟祂棲息地選得實在很差……只是當初跟祂們成立契約的道士，沒想到幾十年的光景，原本充滿活力、綠意盎然的河川，能被整成惡臭的大水溝，並且雪上加霜的大肆工程，鑽地機的高亢噪音，甚至連長春嚴密的結界都能穿透。

雖然說，青龍的本體並不在人間，只能算是寄靈，河川污染傷害不了祂，但是超高的噪音卻讓祂日漸衰弱，甚至偶爾發出不應該有的腐臭味。

腐敗的味道越來越濃厚，開始往城市擴散。長春連跑去威脅島內大人物的事情都幹過了，結果只是讓噪音更集中……即使是愛惜生命嚇得差點哭出來的大人物，也只能盡快完工，卻不能停工。

結果是差點抓狂的青龍，竭盡虛弱的神能呼喚了狂雷暴雨大力的洗刷這個城市十天，在引起水患之前，長春阻止了祂，將祂遷靈到附近的一個小小社區。

這是一個奇妙的小天地。或許是因為，上任沒很久（呃……半個世紀）的土地公是個非常善良的農夫（生前），所以保留了純樸的性格。這個勞苦一生，累世都是好人的土地公，即使上任也沒能歇下手，依舊戴著斗笠在祂小小的轄區忙進忙出。

即使是人類到了祂的轄區蓋了水泥為主的社區公寓，祂還是辛勤的種著萬年青、扶桑和各式各樣的野菜。後來人類挖了兩個很淺的池塘，祂也小心的照料裡頭的荷花和睡蓮，以及裡頭很多的蝌蚪和大肚魚。

甚至連祂轄區內的水草都受到祂的看護，翠綠的在應該污染很重的河川裡，飄盪得很莫內。

明明祂的土地祠很少有人去拜拜，蒙上一層灰土，幾乎被太過旺盛的竹林掩蓋。明明那個土地祠距離社區不到二十公尺，人類卻對祂視而不見。

這個維持著老農形象的土地公，還是忙前忙後的看顧，庇蔭一方。

就位階上來說，祂是神明中的「管區」，比長春高上好幾階。但是這個好人土地公卻憨厚得有點誠惶誠恐，對比祂早來很多年的花妖喊「長春小姐」。長春糾正很多次，才勉強讓祂改口直呼其名。

就是因為祂的轄區離長春很近，而都市的土地公和地基主通常都不會太強——城市很少有像樣的大魔頭——可能是祂太憨厚、太有禮貌，萬一有狀況，長春都優先處理祂的轄區。

武力不行沒關係，最少要有禮貌。既然這個誠懇老農似的土地公，靦腆的像個鄉下人厚禮數，那麼優先管祂的問題，也是應該的。

或許是，每次覺得人類非常厭惡，充滿奇怪的惡毒和白爛時，這個曾經是人類的土地公，能讓她的厭惡減少很多。

果然，這個老農似的土地公非常緊張——畢竟青龍比祂位階又高很多了——但是長春簡明的說明狀況後，又露出深刻的同情，殷勤無比的接過幾乎要崩潰的青龍，小心翼翼的照顧。

可能像是照顧生前的雞鴨牛羊，可能。

但長春原本高漲的怒氣，就一點一滴的慢慢消散了。人類啊，人類。有瘋狂神經的想辦法毒死城市裡所有河川的，也有這麼善良靦腆的老農。

她默默的現形，提水擦洗供桌，打掃內外，清理土地公的金身，買了鮮花素果和香燭，點起香火。

土地公一直搓著手讓她不要忙，緊張又不好意思。長春一個字也沒說，只是忙著手裡的事情。

「青龍……麻煩你收留一陣子。」長春嘆了口氣，「大樓那邊……實在太吵。」

「殺光人類！」奄奄一息、神經衰弱的青龍很虛的咆哮。

「……年終預算要消化。」長春無奈的複誦大人物告訴她的理由，「而且早點完工不是比較好？牙一咬，眼一閉……」

「我不要閉眼妳閉嘴！」青龍更虛弱的咆哮，「宰光你們！」

長春舉手表示投降，決定不理這隻精神耗弱的青龍，轉頭跟土地公說，「祂沒有惡意……只是被吵得有點阿達。」

「吼，哇災。有夠吵的啦，可憐喔。阿春放心啦，我會好好照顧龍大人。」

「殺光你們！」青龍繼續很虛的咆哮。

……原來四象裡頭，神經最纖細的是青龍。不過能把神靈逼得半瘋，不得不說，人類真是有辦法。

初五祭禮時，白虎詫異了，「吵？有嗎？青龍那傢伙太沒用了真是……多令人熱血沸騰的聲音啊！人類真是太棒了，發明這麼多好玩的東西！引擎怒吼多刺激啊！尤其是兩車對撞的時候……哇塞！真是太精彩了∼可惜車禍不是那麼常發生……我頂多能跟汽車賽跑不能引起車禍……」

……神靈的邏輯總是有些怪異的。反正白虎用不著擔心，祂很適應。

至於玄武……你就不要指望烏龜類別的神靈動作能有多快了，何況又沒有什麼危急事件。長春行完祭禮，玄武才剛把頭從殼裡伸出來，一臉瞌睡兮兮，肯定還沒醒。

直到長春快行到山下，才聽到玄武慢悠悠的聲音傳來，「……那個誰……還沒死吧？」

「只是有點精神耗弱，還好。」長春站住傳音。

半個鐘頭後，長春已經快散步到朱雀棲息的廟宇時……玄武才「喔」了一聲，就沒了聲音，大概是又睡著了。

……神靈真的很nice？當中沒什麼誤會嗎？

長春默默的走入廟宇，這是個很有點名氣的人群廟❸，熱鬧滾滾，大老遠的就覺得燒紙錢的金亭非常炎熱……黑煙滔滔，烈焰從煙囪沸騰出來。朱雀就在這種滾滾熱浪中翩翩飛舞，一臉的享受。

「唷呵～小花兒～」朱雀飛下來，異常熱情並且挾帶極高的火焰……「有什麼新鮮事嗎？有嗎有嗎？哪邊需要調溫告訴我，我就能調到妳要的高溫～煮開水都沒問題唷～☆」

❸人群廟：係指大陸原鄉同一祖籍的人群移民到台灣時，共同興建、祭拜的廟宇，同時亦兼具「同鄉會館」的功能。

長春在朱雀的聒噪中，忍耐的行完祭禮，才回答，「青龍有點精神耗弱，我送祂去休養一陣子……」

「死不了啦那長蟲。」朱雀滿臉不在乎，「就算死了也無所謂，反正真正的青龍又不在人世，頂多再裂一絲神識下來。不過我敢保證，一定又會很沒用的被逼瘋啦！哈哈哈～」

……神靈，連待同僚都很沒同情心。長春對這第二道四象神靈所組成的防線，突然很沒信心。

還是靠自己吧。

雖然對神靈信心不足，但長春和神靈的關係其實不錯……畢竟她是植物妖，基本上算吃素（死到腐爛的堆肥就不算葷了），不喜歡出頭爭強，別去惹她，她大致上都算知書達禮的。

像城隍就挺喜歡她，她剛來時可能有點磕碰，後來不打不相識，城隍反而有些心疼這個倒楣的花妖。雖然勸她出家修正果沒成……她疑惑的問，「成正果的十二花神，比我強嗎？」把城隍堵了一個啞口無言。

不過中都比別的都市都少災殃，連颱風都光警報不下雨，別的縣市淹大水，中都還風和日麗……城隍因此考績優異。但祂也很明白不是自己的功勞，所以待長春非常好……只是她總是宅在家裡，雇人送自己種的水果。之後有郵局，到現在更有宅即便，反正總有人能送去城隍廟，她自己是很少去的。

反正關係不要太差就好，沒必要太親密。神明在人間受各式各樣的規則束縛，反而綁手綁腳，不是那麼好倚靠的。

但祂們還是一群好人……好神。肯在人間忍受烏煙瘴氣，和人類令人氣結的白目，安慰指引信徒，在重重規則底下設法保護人類不受眾生侵害……這就已經很了不起了。

本來祂們可以不管，在天界逍遙自在，可祂們管了。在她看來苛細如牛毛，煩瑣的可以逼瘋一百個法學博士的天條，祂們一條條的背下來……然後設法鑽漏洞，照顧人類這種短命又白目的種族。

光這種心意就值得尊敬了。

猖狂囂張的跳梁小丑？啊，那沒什麼。反正她背負了龐大的契約，閒著也是閒著。順手清理就是了……颱風不敢來是颱風沒種，跟她沒關係。地牛敢在她的都市底下暴動，神明只能猛翻天條找漏洞，她不用，直接去拆了地牛的脊椎骨就好，看他敢不敢繼續搞地震。

至於那些外來種……就跟福壽螺啊，美國螯蝦啊等等外來入侵種差不多，會引起生態浩劫的。好在外來種惡魔不會隨便在島內繁殖，殺一隻少一隻。以前還分得很散，現在她有咕嚕嚕這個「餌」，在家裡守「咕嚕嚕」待「外來種」就好了，省事好多。

她尊敬苦心孤詣的神明，神明也默許她許多不大適當的越權，還幫著翻天條找漏洞。大家相處得很和諧。

如果外來種乖乖來當觀光客多好，大家不用打打殺殺。可惜外來種總是喜歡生態浩劫……長春只好讓他們親自嚐嚐什麼叫做「浩劫」。

也不是說，本地種就沒有壞蛋了……想得美。但是本地種惡徒吃虧吃久了都會長智慧，能遷則遷，不能遷就夾緊尾巴老實點，更不會自投羅網到長春的領域送死。

外來種就很缺腦子，前仆後繼，沒完沒了的有夠神經。

但還真沒想到，會缺神經到這種地步。

純岳狼狽的跑回來，滿臉驚慌和憤慨，「外婆奶奶！台中治安真是太糟糕了！下午四點半就當街打劫！實在太過分、太誇張了！要不是有個老伯伯幫我……我的筆電就被搶走了……」

長春沉下了臉，捋起他的袖子，烏黑帶著魔氣的爪印還在上頭。

所以說，根本沒把她的話放在心裡嘛。這些腦袋腐爛的外來種。

「……穿得奇奇怪怪的，真是拜託！早就不流行cosplay搶劫了啦！抓得我好痛，滿嘴含滷蛋似的，鬼才知道他們在說啥……公車站牌下欸！我才下車就被搶……幸好有個老阿伯拿著鋤頭衝出來……外婆奶奶，妳能不能去看看？我撥妳手機沒人聽，我又幫不上忙……我是報警了，可不知道警察幾時才來……」

「待著。」長春捲著狂風走了。

公車站牌下，只滴滴答答一路的血跡。神明的血。靦腆老農似的土地公……流的血。

等她追過去，連金身都受損的土地公不太好意思的笑，半邊臉滴滴答答的淌血，「那個，阿春欸，我沒忍住干涉了……會不會被那個什麼……彈劾啊？可那是妳的孫欸捏……我真的沒辦法只是看著……」

青龍盤在地上，大口小啃的吞吃著那些外來種的屍體，一面含含糊糊的罵，「殺死你們，吵個屁！宰了你們吃了你們！」

長春卻並不愉快，覺得總有團火塞在心頭。精神耗弱的青龍吃了那些外來種很好，但還不夠。

火氣很旺盛的長春把每個來襲的西方惡魔毒得要死不活，拎去看羅羅吃飯，又提去使君子的標本室參觀，劑量剛剛好到他們主子面前轉達長春的不滿和惡魔標本的慘況才斷氣，並且復活不能。

好一陣子，外來種在中都絕跡。畢竟例子實在太血淋淋了，對西方地獄君主們而言，把屬下派出去送死是沒什麼，但人心（魔心……）浮動，死亡還有個復活的機會，惡魔咩……變成標本那可是另一回事了！

以前有去無回還能盲目些，真相大白之後，還送上門去當標本和肥料那才真的叫做智障。

一個、兩個抗命還能處置，要是全部都抗命……總不能領土內每隻惡魔屬民都殺個精光，自己一個人在王座上稱孤道寡，真正孤家寡人。

從長計議，還是從長計議的好。

「唔，這其實不太好，妳等於得罪了整個西方魔界。」使君子想了想說。

「這裡不是西方。」長春簡潔的回答。

使君子推了推金邊眼鏡，笑了笑。陽光在他的鏡片上，掠過一絲精光。「說得對。」

原來被心儀的對象求懇，滋味這麼甜。使君子柔情的想。這麼強大又驕傲的花妖，主動求懇他，還是頭一回。

活了幾百年，不管是師姊妹啦，還是後來的學姊妹、女同事，求懇他、對他撒嬌，他都表面平靜而內心厭煩。

但是長春求懇他，他卻覺得非常愉快，愉快得簡直要飛起來……

所以他非常認真的……做了一個規模很小卻很嚴謹的醮。他雖然不算非常正統的道士，到底還是個修道者，種種科儀了然於心……客串一下還是可以的。

被打傷金身的土地公有些不安，傷勢卻因此好得很快。連精神衰弱的青龍，都在科儀之後痊癒許多。

雖然不是因為他，但看到長春罕見的美麗笑容，就覺得一切的腰痠背痛和疲憊都很值得。

「阿春欸，妳查甫朋友沒歹喔。」土地公笑嘻嘻的稱讚，「很厲害勒，配妳欸低過。」

長春啞然片刻，「……他不是我男朋友。」

土地公呵呵的笑，不以為意的搖搖頭，「查某嬰仔，就是欸見羞。好啦好啦，不是就不是。」

「……土地爺爺，真的不是。」長春趕緊解釋。

祂上下打量長春，笑得非常老懷欣慰。

「就說不是嘛！」長春叫了起來，解釋了半天，老土地只是笑，連青龍的表情都很賊。

她忿忿的回家，對著無瑕吼，「使君不是我男朋友！」

正在倒茶的無瑕被她嚇了一跳，把茶都倒在桌子上了。「咦？怎麼會不是？長春大人，妳只讓使君大人來探望妳啊？」

長春的臉慢慢紅了起來，越來越惱怒。但這些人（非人……）沒有一個打得下手。

這時候，她開始懷念外來種天天送死的好時光了。

之七 鄰居

自從外來種絕跡以後，長春度過一個很清閒的冬天。

在中都，頂多就是陰天和細雨罷了，陽光還算是多的……偶爾會有寒流，對動植物來說影響其實不大。

經過幾個月的調養，無瑕復原了七八分……又開始每天接送飼主的規律。每次長春都會俯瞰著，越來越覺得人類不可思議。

在無瑕重傷垂死時，表徵在他本株上，也不過掉了幾片葉子。但他的飼主卻如臨大敵，日日惶恐。無瑕無力送她上下班，她像是枯死的植物一樣，垂首縮肩的出門和回家，時時愁眉不展。

無瑕可以掙扎著起來，送她出門和接她回家，這個愁眉苦臉的女人表情舒緩，一整個快樂起來。

明明看不到也感覺不到，屬於完全絕緣體的無天賦人類。為什麼會有這種變化……博學多聞的長春都表示不解。

「外婆奶奶，妳不懂啦，這就是愛～～～～☆」純岳滿眼小花愛心，「哦，跨越種族的愛～～～～多麼偉大崇高又令人嚮往！為什麼我就遇不到這樣的好事……」

長春上下打量了他一下，「雖然我不是人類，但我想任何一種種族的雌性都不會喜歡白目和話癆。」

消化了幾秒鐘純岳才懂長春的意思，一整個黯淡無光附帶鬼火效果，「外婆奶奶妳好壞！一點都不顧及我脆弱敏感的少年心！被發了整冊的好人卡我已經很傷心了妳怎麼還踩人痛腳……女生想到我只想到送修電腦！外婆奶奶和使君叔公放閃光人家都沒說什麼了，只是去旁邊戴墨鏡和牽可魯而已……」

「閃光？」這次換長春消化了幾秒鐘才懂……

於是她不知道第幾代的義孫子又從樓頂體驗了一次自由落體的快感，並且讓那些閒著無聊的大樹當網球玩了一會兒才落地。

她跟使君才不是什麼閃光，使君也絕對不是她的男朋友。

就、就看起來比較順眼，比較談得來而已。

互相饋贈禮物有什麼不對？很正常吧!!她也會送城隍水果啊！有什麼奇怪的？是城隍沒有收集怪東西的習慣，不然她也會送外來種給城隍爺當收集品的……沒有任何問題！

這些傢伙就是太閒，才會閒到胡思亂想什麼有的沒有的……她是花妖，使君前世或許也是，這輩子是完全的人類，還是個修道人。

人類修道一整個比植物成妖驕傲太多啦！老是自以為高人，說話行為都高來高去，討厭透頂。她會跟使君比較有話講，是因為使君謙虛溫和——雖然只是表面上。

但他小小的邪氣和黑心都只是一種無傷大雅的小怪癖啊，並不是真的有壞心眼。

「是嗎？科科。」一條養在某戶七呎缸、成天看電視活了不知道多少年的紅龍魚被污染得很徹底，居然還敢打趣她……

「住手！」紅龍魚氣急敗壞，「我也就講了四個字拜託妳不要拔插頭啊!!我缸裡的硝化系統會崩潰掉！活到這年紀還開智慧我容易嘛我！千萬不要！這戶的老頭子最喜歡我啊啊啊～人家來日無多了～～」

長春鬆手沒拔插頭，斯文的擼起袖子，伸手在紅龍魚的額頭上敲了一記……讓那條紅龍魚翻肚昏了幾分鐘。

活太久的生物就是麻煩，讓人類污染過就特別容易妖化。她是知道日本的貓養太久會變成「貓又」這種貓妖，可從來沒聽說過魚養太久會變成「魚又」。

但這隻老龍魚在大樓還是簇新的時候就是最初的一批住戶，之前就這麼大了。可能是受咕嚕嚕的影響，居然會開口跟她聊天。但指望一隻魚會數數實在太為難，到現在長春還沒弄懂他到底幾歲，但從他會哼幾句paul young的歌……大概是民國七〇年代出生的。

他說他的飼主那時還年輕，他還是條小魚。做生意的飼主一直相信自己會成功，所以執意要在工廠辦公室養條紅龍。但是沒啥錢，只好買條才十五公分的小魚，和一個二呎缸。

老龍魚說，他天天就聽著工廠震耳欲聾的沖床聲，和辦公室成天播放的ICRT。在民國七〇年代，島嶼的經濟剛一飛沖天，什麼都有可能。這個年輕的老闆果然成功了，生意越做越大，而且嗅覺敏銳的轉投資，從做電腦外殼轉到代工電腦零件，越來越有錢，一路順遂，甚至兒女都很出息，跟當會計一起打天下的老婆感情也很好。

飼主堅信，這一切都是紅龍帶給他的運氣。所以毫不吝嗇的擴缸再擴缸，什麼設備對紅龍好都肯砸。即使後來紅龍老了，有陣子顏色都褪得黯淡，他還是堅持養下去，親暱的喊著「龍欸」，再忙也親自餵食。

紅龍魚搬來大樓時，已經非常老了。七呎水族箱加上那些哩哩扣扣，真是陣容龐大，讓大樓住戶好奇的出來圍觀。

不知道什麼緣故，這條老到顏色開始黯淡的老龍魚，遷到大樓以後，又開始發色，越來越鮮豔好看，像是返老還童，威風凜凜的很符合他的名字。

長春遷來比他稍晚兩個月，頭天就讓這條老龍魚喊住，還游到魚缸邊試圖看清楚她。

「奇怪，妳是什麼？肯定不是人類。」老龍魚說。

「……魚也不應該開口說話。」見多識廣的長春也很訝異。

「對啊，我又沒有成為妖怪……為什麼呢？」老龍魚沉思，「以前就是傻傻的看，傻傻的記著。來到這邊突然一切都變得很清晰……而且會說話了。但人類聽不見啊！老頭和老太婆只會餵我，跟我一起看電視……妳明白我的意思嗎？」

「我剛成妖的時候也有類似的感覺。」長春點頭，「但你還沒有，我也不明白。」

後來鎮守久了，長春發現，雖說是她的領域，但受到咕嚕嚕的影響，大樓內的動植物容易出現變異，早生智慧，通常能表達自己的情緒……但像老龍魚這樣口齒清晰、思路敏捷的，不是太多。

所以她巡邏領域的時候，會順便看看老龍魚。看到他大口大口的吃飼料，長春啞口了。

「……我以為龍魚只吃活餌……朱文錦之類的小魚，或者蟋蟀……我的眷族還看過有人特別飼養蟑螂餵食。但我從來不知道有龍魚……會吃飼料。」

「老頭子剛養我那會兒……很窮。」老龍魚語氣有點無奈，「所以他只能餵我便宜的金魚飼料。吃習慣了，後來給我吃朱文錦……嘖，超麻煩，還要去抓，味道又很奇怪。蟋蟀吃起來很刺，蟑螂不但刺而且噁心。還是飼料好，吃起來香。高夠力的很好吃妳知道嗎？櫃子旁邊有一罐，妳自己拿，多吃一點沒關係，不但老頭子會買，老太婆也會去買。吃都吃不完……妳不喜歡高夠力？旁邊還有海豐的，冰箱有冷凍紅蟲，妳自己動手。」

長春只能客氣的謝絕他的好意。不過這的確是條友善的紅龍魚。大概是因為，這是個友善的家庭。

老龍魚雖然滿嘴老頭子老太婆，卻非常喜歡他們。只有老太太和老先生餵他，他才肯吃飯，對他們的小孩都有點淡淡的瞧不起。

可這家年輕力壯的年輕人，毫無怨言的幫著年紀已經很大的爸爸媽媽清理龐大的水族箱——那可是個大工程。而且可能受父母親的影響，每個都熱愛養魚，幾乎都有自己的魚缸，喜愛各自不同……然後除溼機幾乎是開一年四季的。

他們家的魚，過得非常幸福，連水草都受到相當的愛護。老大特別熱愛水草缸，常常一缸缸的修剪和施肥，和兄弟姊妹爭辯不會毒死他們的魚，水草也可以長得好。

物質豐裕，但精神上也非常富有。很少有的，美好的家庭。

只是老先生和老太太的年紀漸漸大了，先是老太太退休，回家蒔花弄草，看紅龍在缸子裡游來游去，一起看電視。但沒幾年，老太太過世了。這打擊很大，大到原本精力充沛的老先生迅速衰老下去，也退休了，成天看著紅龍發呆，看電視，照顧老伴留下來的花花草草。

孩子們很憂慮，但老先生都說沒事，強打精神裝出笑臉。只有跟老龍魚獨處的時候，才會邊回憶邊喃喃自語，老龍魚總是游在缸邊，認真的聽。

年輕時操勞過甚，老來傷及根本，根本就是一口氣撐著，活不久了。

所以這隻太八卦的老龍魚才沒真的挨了穿顱手……老先生受不了這種打擊的。

這一年的冬天，反常的冷。

接近春節的時候，長春去探望老龍魚。一屋子的動植物情緒都很低落，老龍魚最甚。

他無精打采的蜷縮在角落，水面漂浮著一些飼料，他碰也沒碰。

前天老先生猝然倒下，被救護車載走了。

長春敲了敲玻璃，喊，「龍欽。」

老龍魚潑剌的游過來，怒氣沖天的吼，「妳不要這麼叫！那是老頭子才能這麼喊我……」

「……你以後準備怎麼辦？」老先生的兒女都各有家庭，這個家只有個菲傭。她明白，老龍魚應該也明白，老先生是不可能活著回來了。

老龍魚沉默了一會兒，輕輕笑了一聲，「把缸子空出來啊。阿宏……他們家老大一直想要個超大水草缸。」看長春神情黯淡下來，他潑了長春一身水，「老頭子、老太婆都不在了，我看還是妳收容我吧！反正聽說樓頂有魚池不是？」

「好讓你把其他魚蝦吃個精光？這是生態浩劫。」

「才不會！老子我吃素！妳準備點飼料餵我就好了……高夠力喔！別的我不要……海豐可以勉強。」

「這是求人的態度嗎？笨蛋！」

「妳知道我身價有多貴嗎？這是賞賜妳懂不懂？」

「我直接把你賞給青龍吃。」

「不夠義氣啊長春不夠義氣……好歹咱們認識那麼多年了……」

老先生果然沒有挺過去，心力交瘁的長子回家，驚見養了許許多多年的紅龍，翻白肚死去，忍不住流下眼淚。

「龍欸，你怎麼跟老爸一起走了……」他們兄弟姊妹一起號啕大哭。

「老頭老太婆生了一群蠢蛋啦。不說那只是根枯枝變的，為了條魚哭得死去活來，太不人類了。」裹在一團水裡，老龍魚很不屑的批評。

長春沒有說話，只是將裹著水的老龍魚扔到樓頂的蓮花池，發出好大的一聲嘩啦。

「妳要死了妳！」老龍魚破口大罵，「妳最少也對水、對溫一下……活到我這麼老的龍魚是國寶、國寶捏！妳就是這麼尊敬國寶的?!」

長春凝視了他一會兒，飄坐在水面上。「難過就難過，幹嘛裝？我又不會笑你。」她露出懷念的神情，「我的飼主過世時……雖然很氣她那麼隨便的把我變成妖怪，但我也難過極了。」

老龍魚安靜下來，湧出兩滴很大的淚珠，然後又是兩滴，越來越洶湧。「……為什麼我活這麼久呢？明明應該是我先掛的吧？為什麼老頭子、老太婆撇下我先跑了……不公平啦……」他哇哇大哭，「而且魚根本沒有淚腺不會掉眼淚……Discovery是這樣講的啊！為什麼我的眼淚停不下來……太不正常了！」

長春將手探入水裡，輕輕撫著老龍魚的頭，「……我不知道。不過Discovery從來沒報導過妖怪。」

「如果我是妖怪那就正常了……可我不是……」老龍魚哭得更兇，「死老頭、死老太婆！我、我……我好想你們啊！你們不負責任啊不負責任……」

下雨了。中都的冬雨，非常冰冷淒涼。一條哭泣不已的魚，偎著花妖的手，眼淚不斷的融蝕在冰冷的池水裡。

*　　*　　*

原本以為長年在溫暖水族箱裡生活的老龍魚會挨不住寒流，沒想到大哭一場後的老龍魚，很快的振作起來，從這池游到那池，經過空中的竹管小溪流，很享受小魚小蝦的敬畏。

「……你不冷嗎？」長春納悶。真稀奇的案例。該不會出現一隻史無前例的「魚又」吧？

「不會啊，滿好玩的。」他現在能短暫的在水面上呼吸，新奇的看著陸地，「原來外面跟電視一樣好看。Discovery沒有唬爛，這世界……真好玩。」

他露出懷念的神情，「妳知道嗎？老頭和老太婆都喜歡旅行和生物，成天都在看Discovery和旅遊生活頻道。他們可一直都走在時代尖端喔！還約好等退休一起去非洲玩……」

安靜了片刻，老龍魚苦笑，「結果，等退休了，老頭老太婆的身體也都不行了……」他游開，現在他不喜歡給人看到眼淚……連長春都不行。

使君子來訪時，這條很八卦的老龍魚浮出水面好奇的看個不停，還「唷呵唷呵」的試圖引起使君子的注意。

「……會說話的魚？」使君子蹲下來和老龍魚聊了好一會兒，很驚嘆，「我只見過會說話的貓。」

長春的淡笑僵了一會兒，「……那隻貓……？」

使君子很遺憾的搖搖頭，「唔，我喜歡貓，所以……沒收集到他。」但使君子沒那麼喜歡魚……可惜又是長春的魚。

「他是我大樓居民。」長春淡淡的說。

使君子非常識時務並且從善如流的轉了話題。挑戰讓兇殘第一的魔界植物俯首稱臣的花妖濃重的母性……不是智舉。

沒辦法，誰讓他就愛這款呢。使君子溫柔的看著長春，淡定的花妖泰然自若，只是鬢邊的日日春幾乎都轉粉紅。

「嘖嘖，好功力啊好功力，」老龍魚賊笑，「臉紅都能轉移哩……」然後他讓長春扔出去的一顆小石頭打得翻肚，沉在水底暈到使君子離開。

老龍魚在長春的屋頂待了幾個月，直到夏天即將來臨。工程終於結束了，纖細的青龍回到棲息地，偶爾來喝茶，發現老龍魚異常震驚，然後神經纖細、情感敏銳的青龍聽到老龍魚的經歷，哭得招來雲霧雷霆，下了一整個下午的午後雷陣雨。

於是根本和龍搭不上邊的老龍魚，得到青龍徽章一枚，可以在任何水域穿梭了。

「我要走了。」老龍魚歡快的說，「現在可以無視污染和鹹水，我要到處看看。」

「……在一個水族箱，你心滿意足的活了幾十年。」長春研究似的看著他，「而且你是人工培育種，沒有所謂的家鄉。」

「我不是要回故鄉啦，像妳說的，我是人工培育種啊！」老龍魚笑了，「老頭啦老太婆啦，一輩子都唸著想去非洲玩，想去大堡礁潛水……去南極看企鵝。結果勒？很蠢啦，一直想以後以後，哪來那麼多以後……」

他安靜了一會兒，「我去幫他們看。他們想去的地方，我都去看看。將來我若掛啦，遇到他們，就可以說，『嗨！你們兩個白癡！死那麼早真是損失大了！你們知道嗎？我到過哪裡哪裡，比電視還精彩一百萬倍啊！』之類的。」

「……誰餵你飼料？」長春嘆氣。

「我能吃水草。」老龍魚眨了眨眼睛，「我整個春天都在訓練自己吃草。可以的唷！反正比妳買的雜牌飼料好吃。」

在一陣雷陣雨之後……青龍又傷感的大哭一場，親自送老龍魚到柳川。連使君子都很捧場的來送行，順便幫老龍魚加持一番，在鱗片上繪了幾十個保命符。

老龍魚很瀟灑的揮揮魚鰭，躍入柳川打了個水花，就往海口前進了。

使君子很體貼的遞上手帕，長春默默的接過來，「……妖怪會哭，很好笑吧？」

「這沒什麼好笑的。」使君子誠懇的說，「眾生有情，當然誰都會哭。」

長春沒有說話。使君子輕輕扶著她的後背，她也只是僵了一下，沒有打破使君子的腦袋。

有進展！……對吧？使君子又驚又喜的想。

但是之後他收到宅即便，裡頭有他洗乾淨的手帕……和兩大盒BURBERRY的名牌手帕。

長春這是……嫌他用的手帕不夠高級？只是單純的回禮？抑或是……難道她都用這種一條近千塊的手帕？但從來不曾見過她用名牌啊？

那一天，使君子一整個心不在焉。若不是葉子及時阻止，他差點把對招的西顧打到內出血。

女人真難懂。使君子嘆氣。

之八 魔障

農藝系上有個氣質非常棒的助教。

戴著金邊眼鏡，白襯衫、深藍牛仔褲、球鞋。很普通很平民的打扮，卻讓他穿出斯文瀟灑，面目不怎麼出眾，氣質卻極為奪人。

剛入學的小大一往往會被他電到……尤其是他溫雅的笑，有點疏離卻有點親切的，像是周圍的空氣都為之淨化，心靈也被洗滌過一般。若有似無的古龍水，香得那麼恰到好處，替他的氣質加分到百分之百，卻一點都不覺得娘。

但不到半個學期，小大一都會「成長」了……助教真正的電人以後，很快就幻滅個乾淨，從此學會「以貌取人後悔莫及」的教訓。

所以，會去追求史助教的，都是外系的學生或老師。自己系的同學都會報以高度同情……並且狂下賭盤，賭這次會多慘烈，多久就當烈士。

但讓他們掉出眼珠子的是，追求史助教的校內女性眾多，當中不乏系花、校花之流，人人毫無疑問的撞鐵板，撞到他們都納悶到底是史助教標準高到天邊海角，還是事實上，史助教某方面「不行」……可最後得標的卻是一個……校外女性，多次到系上找史助教喝茶。

他們炸著膽子詢問，史助教大方的表示，「那是我正在追求的女生。」

咦～～?!

「有夫妻相。」

「沒錯沒錯，氣質有像到……不知道是不是芝麻湯圓。」

「你想死？說助教是芝麻湯圓……讓他聽到你還想活是吧?!」

「噓……你不要那麼大聲……」

其實，我早聽到了。推了推金邊眼鏡，使君子默默的想。不過「夫妻相」取悅了他，所以他不計較「芝麻湯圓」的譬喻……只是這次期末考會「稍微」難一點點。

他是修道人，雖未出家，但已棄家，心底沒有牽絆，氣質好是應該的。魂魄是花魂打底，吸引植物的親近更是理所當然的事情。

所以這麼討人（和眾生）喜歡，也毫不意外。他在台北盆地經營了這麼久，戀慕他的植物妖所在多有，但東方植物妖很矜持自重，他委婉表達了拒絕，通常淡漠的植物妖會表達遺憾，卻依舊保持朋友關係。

人類的反應就會比較激烈一點，但短命人類的少女（或少年），在他看過許多歲月的眼中，總是寬容許多……反正讓他們放棄很簡單，真的太煩，頂多陰他們一下，讓他們把心力轉移到功課上，大部分的問題就解決了。

真讓他成為絕對地域主義者的，是那些害蟲似的外來種。

自從飛機這玩意兒發達以後，國際交流頻繁，原本界限分明的眾生領域也被打破，老有外國的眾生搭飛機來「玩」。原本當遊客沒什麼，只是他們跟福壽螺和美國螯蝦差不多，總是肆無忌憚的大肆破壞原本平衡的生態，才讓使君子成了強烈的地域主義者……強烈到想炸掉所有機場和碼頭。

當然，想想而已。

他終究已經成了人類，必須遵守人類的社會規範與道德。當花妖的時候，遵循本性，覺得沒有必要製造災難。當人類的時候，遵守規範，不去這麼做，因為人類修道者必須守戒，才不會因為力量導致災難。

但這時候，他就真的很希望能夠炸掉所有機場和碼頭，最少不會被希臘那邊的森林女神追求到想動粗。

「……我們之間是絕對不可能的。」使君子耐住性子，在白樺開口前搶先說了。

「為什麼是一隻卑賤的草花精?!」美麗的林中少女對他憤怒的喊著，「為什麼我不行，我哪裡比她差？我甚至比Echo❹更美麗！」

看著這隻不知道自己差點成了「臨終少女」的森林女神，使君子默默數數，數到一百才把怒氣壓下。沒辦法，北都城隍跟他打過招呼，這個叫白樺的森林女神，算是交流學生之一，讓他高抬貴手。

他沉下臉，冷冷的看著白樺非常希臘的臉孔。

❹Echo：希臘森林女神之一，由於相貌美麗為宙斯之妻所妒，因而讓她失去正常的說話能力，只能重複他人所言最後三個字，這也是Echo意為回聲的由來。

沒辦法，他原本是花魂，後來轉換跑道成為人類，審美觀都固定在最初，屬於東方那種素雅。他喜歡鳳眼蛾眉的女子，面容乾淨清秀就可以。西方人那種過度深刻的輪廓看起來總是很奇怪。

更奇怪的是，現代的女孩子也完全拷貝西方風格，流行自拍那陣子，真是讓他不敢隨便點學生寄來的連結。慘不忍睹……為什麼要對著鏡頭做出那麼奇怪的表情？仿效凸眼金魚很美？唯恐不夠像還動用到photoshop。每個都從上往下照，瞪大眼睛嘟嘴。

他若是想要看金魚，會去買幾條養水族箱，用不著看人類cosplay。

「白樺女士，請妳不要干擾使君大人……」看不過去的扶桑花妖，上前輕聲勸解，卻慘叫一聲讓盛怒的森林女神洞穿了本株。

使君子淡淡的笑了笑，「白樺，妳需要修枝是吧？直說就是，何必如此粗暴……」然後這個表面斯文的修道者助教，真的把森林女神「修枝」了，砍掉雙手，捆住雙足，禁困著無法出聲，「種」進大地裡。

「大人……這樣，不好吧？」創校就種在校園裡的弱質花妖，摀著胸口的重創，怯怯的問。

「讓她行一下光合作用就會長回來了……時間稍微久一點，唔，三年五年吧。夠讓她學會什麼叫做『禮貌』。」

使君子將手放在扶桑本株，被洞穿的樹幹漸漸產生癒合組織，她的臉色也漸漸恢復血色。

「唔，大概可以了。」他淡然的對扶桑花妖說，「外來種不懂禮貌，妳不要跟他們一般見識。」

「謝大人，恭送大人。」扶桑花妖溫順的低頭。使君子微微一笑，漫步離開犯罪現場。

「戀慕你這芝麻湯圓的花妖很多……你偏選了一個不喜歡你的。」一隻老貓從樹梢探出頭來，懶洋洋的對使君子說。

「她沒有不喜歡我。」使君子輕輕的笑，「你又在人前說話，當心被抓去解剖。」

「無所謂。」老貓聳聳肩，伸了個懶腰跳下來，陪著使君子走，「反正你這壞傢伙隨身都帶著怪法術，連處置森林女神都沒人會注意，何況只是隻貓在說話。」

「你來我標本室吧……我養你。」

「嗤，我不要成天跟怪東西在一起……讓你當活標本？笑欸。校園挺好，我在這兒活了一輩子……看樣子還會繼續活下去。」

「對啊，你跟扶桑一起來的……當時多可愛，一個小不點兒。在校園跑來跑去喵喵叫……誰知道會變成圓滾滾的老肥貓，開口還老氣橫秋。」推了推眼鏡，「喵，你到底為什麼會說話？」

「嗤，這種事情，很講天分的。」

「……你不要成天跑去警衛室偷看電視，學得這麼壞。」

不過使君子沒有勉強他。既然他不想說，那就不用知道。創校時，還是在遙遠的日據時代。這隻貓也跟學校同個年紀。

他並沒有什麼日本人、台灣人、中國人的分野……即使已經成為人類，他還是習慣植物的觀點。的確是一九二八年在此立起校柱，他還參與了部分設計。那時他來這島嶼已經有段時間了，在台北盆地是拔尖兒的高人。

知識和青春的味道很好，他很喜歡。所以他才幫著在風水上加碼，讓這個學校穩健的走下去，不要受到任何眾生不當的侵害。

從那時候開始，就有許多植物和動物在這個校園住下來，連他都在這裡一年年的當助教。只是每一、二十年就得離開雲遊一陣子，換個身分再回來。

或許他是婆娑最好的學生，入世修道最自然。或許他前世就屬於自然的一部分，所以毫無掛礙。

「我以為，你不會喜歡什麼人。」老貓陪著他散步，「那些雜毛修道的，不是都說修道要六根清淨嗎？」

「唔，我是高手。高手不受這種限制。」使君子推了推眼鏡，平靜的說。

老貓卻被他噎了一下。這個臉皮厚的……臉皮的確屬於高手級。

「……你喜歡她，她又沒不喜歡你……乾脆交配就好啦……不對，人類是說推倒吧？你就趕緊推倒她……」

使君子停下腳步，些微無奈的看著老貓，「喵，那些小白目說什麼不要放在心底。你明明知道人類青少年是最青番、最白目的年紀……看了幾十年，還亂學？」

「貓就是這麼做的。」老貓皺眉，「我覺得這樣簡單明快，拖拖拉拉個什麼勁兒……喜歡就上啊！」

「那有什麼意思？」使君子微微笑了起來，「我要的不是結果，而是過程。我們的壽命都很長，可以慢慢醞釀。有什麼值得趕的？偶爾去看看她，她偶爾會來喝茶，這樣就很好。慢慢的積蓄，慢慢的等待，積蓄夠了，就會慢慢的結出花苞……」

他的笑漸漸深了，沁著柔軟的芳香，「唔，喵你大概不懂，或許沒什麼人懂……但我知道她懂。我們……都屬於會等待花開的人。」

老貓定定的看了他好一會兒，「要死囉，你不要隨便對我這麼笑。我的頭都昏了……你說什麼都覺得很對。你太可怕啦！本來想說『你們這些植物慢吞吞的急死人』，現在居然覺得慢吞吞是應該的……」

「呵呵。」使君子蹲了下來，伸出手，「你頭再昏一點，讓我摸摸貓掌吧。」

「切，你們這些人類莫名其妙，就喜歡這樣……當心我抓你喔！」但老貓還是乖乖的伸出手（貓掌……），搭在使君子的指端，看他露出幸福單純的笑容。

真是白癡極了。老貓默默忍受使君子的觸摸。但這個時候，就完全會忘記他是個不折不扣的黑芝麻湯圓。

而且他很快放開手，輕輕摸了摸老貓的頭，純淨的笑，「謝謝。」

……他都替那個不幸的長春花妖感到悲哀了。連他這公貓都會被影響，那個可憐又倒楣的花妖怎麼抵擋這個黑芝麻湯圓的寧靜魅力。

「好啦，到這兒就好。」使君子停住腳步，「你回學校吧。」

「我是鄉民，沒事兒。上回是站得前面一點……」

「……也別偷用學生的電腦上PTT。你真不怕被抓去解剖？萬一我到得慢一點兒？」

「人類很笨啦，不會發現。發現也沒事兒，上回我被發現，那個女生只會捧頰喊好可愛，到處找手機要錄影。」老貓賊笑，「哪哪，幫我辦張鄉民認同卡吧？沒有身分證很不方便……都不能辦卡。」

使君子斯文的推推眼鏡，「滾。」非常簡潔俐落的拒絕了他。

「小氣的芝麻湯圓！」老貓用後腿空踢了幾下，完全是埋貓沙的舉動，「你一定追不上長春啦！我聽說她是非常非常厲害的……」

「要賭看看嗎？」使君子溫文的問，老貓立刻把嘴閉緊。他活了超過尋常貓好幾倍的壽命，但和使君子打賭從來沒贏過。

使君子拿下眼鏡擦了擦，又戴了回去。「不開玩笑了，你走遠一點兒。」老貓卻竄上他的肩膀，抱著他的脖子，探頭探腦的。

貓這種好奇心真是……使君子無聲的笑了一下。

這是個很奇怪的巷弄。建商來好幾次想購買這片充滿平房的土地，都遭到嚴厲拒絕。大部分都住了人，可以不收房租，但被嚴厲禁止改建。如果從空中俯瞰，就可以看出這群平房隱隱蓋成一個五芒星型，有些窗戶和門開在奇怪而且不方便的方位。

當中圍著一座廟宇，卻終年緊閉山門。裡面有幾個廟祝，幾年就會換一批。

再也沒有人比使君子還清楚這個詭異地方的來歷。因為，這片土地的業主就是他，他從一九三一年就接管了土地，也是從他手上起造這些奇怪的平房。

雖然不明白那個日本老師是從哪習來這種西方邪術，但在建校沒多久，一個從日本來的年輕教授居住在此，並且祕密研究這種西方邪術，甚至試圖啟動。

一個普通人類居然玩弄西方惡魔的領域，下場也不會太好看。他死掉是無所謂，但卻開啟了西方魔界之門。

第一次，西方與東方的眾生產生碰撞，規模大得難以想像。不管是哪個門派還是人類、眾生，全都團結起來擋住這個門。結果北都還是遭了一次大瘟疫，海水倒灌引起水災。

最後使君子主持了一場史無前例的大醮，在眾神明設法鑽盡漏洞，人類修道者和眾生的鼎力合作之下，才勉強壓抑住這些外來種的入侵。為了將魔界之門限制住，才造了五芒八卦陣，用陣型和人類的生氣壓抑在作為陣眼的廟宇之中。

後來使君子會定居在學校，這個麻煩的門戶也是原因之一。

每個月，他都會定期來清理一下逸漏的魔氣，和從門戶縫隙溜進來的外來種。

能從縫隙溜進來，通常都不會太大太強。有許多是幼生體。比起弱肉強食、極度殘酷的西方魔界來說，人間簡直是樂園，這些能擠過縫隙的幼生體自然前仆後繼……

只是大部分困在門戶外的陣眼逃不出去，被使君子消滅。極小部分因為使君子獨特的興趣，成為活的標本（飼養中）或死的標本（泡在福馬林載沉載浮）。

在這裡的「廟祝」，通常是想砥礪自己的修道者。但大部分都沒能待很久，因為污濁逸漏的魔氣令人吃不消。真正空氣清新的，也只有使君子來清理魔氣後那幾天。

打過招呼，使君子獨自下了地下室，高聳的銅門擋在樓梯之前。

「喵，別把你的爪子伸出來……我知道你很緊張。但你不會抓傷我，只會害自己的爪子斷掉。」使君子寧靜的說。

「誰誰誰緊張啦！」老貓強作鎮定，可惜他的尾巴出賣他……蓬的跟松鼠一樣。

使君子沒有說話，只是推了推鼻梁上的金邊眼鏡。將手掌放在好幾人高的銅門，緩緩的打開。

尖銳嚎叫的聲音隨著污濁惡臭的魔氣一起撲了出來，比任何恐怖電影都可怕太多了……最少恐怖電影只有螢幕，不會幾乎撲到你身上……老貓這下連全身的毛都豎了起來，發出「哈」的恐嚇聲。

使君子嘴角彎起，很淡很淡的笑了。「唔，大豐收啊。」

接下來實在太血腥暴力，非列入限制級不可，輔導級是絕對排不上的。嚇個半死的老貓都有點可憐這些外來種了。

最後魔氣淨掃一空……滿空飛舞著使君子右手化成的藤蔓，上面還纏著幾個他看上並且禁制完全的外來種，有死有活。他的表情還是那麼斯文儒雅，淡漠疏離的笑著，左手插在口袋裡，根本沒有伸出來過。

明明笑得很好看……老貓卻覺得，他笑得非常邪惡，邪惡到不行，比什麼外來種都邪惡很多。

「……其實你可以把這個破門真正關掉對吧？」老貓深刻懷疑了。

使君子安靜了一會兒，將禁制的外來種一一放入size大小不同的燒瓶，輕咳了一聲，「哪是。我真的關不上……一九三一年的時候關不上。」

那現在應該可以關上了吧?!但為什麼不關呢?……老貓有點後悔為何要上他的肩膀。

「啊，又是一棵魔化曼陀羅幼株。」使君子歡快的說，「這棵我留下來養，和長春家的羅羅作個對照組……」

一直很喜歡看恐怖片的老貓，全身的毛豎到學校還沒順……他整個僵在使君子的肩膀上。

原來全北都最可怕的地方不是魔界之門，而是使君子的肩膀……

雖然很害怕，但天性很貓的老貓，下個月還是跟著使君子去魔界之門了。沒辦法，貓這種生物就是有這種可悲的好奇心，往往會被這個整死。他只是會說話，究底還是隻貨真價實的貓。

雖然木天蓼讓他嗤之以鼻，但是沒辦法抗拒逗貓棒，更沒辦法終止好奇心……尤其他又是隻愛看恐怖片的貓。

所以他又冒著生命危險跳上使君子的肩膀，照慣例成了松鼠尾形態。

但要離開的時候，使君子卻在廟宇庭園站住了。

作為陣眼的廟宇，還是種了些花木……植物對魔氣有比較強悍的抵抗力，很普通的植物都能淨化少許魔氣。

動物則未必。

一條翠綠的毛毛蟲，匍匐於地，對著使君子哀求似的不斷點頭。

從牠短短的狗尾巴看來，是夾竹桃天蛾幼蟲無誤。但生活在這個魔氣逸漏的庭園，被毒個半死不活，而且受魔氣侵害，已經有點魔化的傾向了。

普通樹葉的「氣」太少，沒辦法供應些許魔化的幼蟲，在餓死邊緣了。靈慧尚未開到能言語，但已經知道要哀求性命。

「不要比較好喔。」老貓看著使君子，「養大不知道會變成什麼，作成標本又太殘忍……牠又不是自己喜歡出生在這裡的。」

「唔。但牠向我哀求救命了。」使君子彎下腰，將幼蟲放進一個空的燒瓶裡，沒有封上蓋子。

「……你要餵牠吃什麼？」老貓的臉垮下來，「這種半魔化的生物很難養的！」

「到了我這年紀……就會覺得眾生活得很不容易，每條性命都很珍貴。若是沒有看到，毫無因緣，那也就罷了。牠向我哀求，而我回應了牠，就不能不管。」

「……你剛殺了以噸計算的外來種。」老貓扁眼，「說這話不覺得沒有立場嗎？」

「那怎麼同？」他舉了舉裝著幼蟲的燒瓶，「這是本地種，那些都是殺千刀的外來種。」

……你這雙重標準不覺得太任性了嗎？

「要來我家嗎？」使君子撫了撫老貓的頭，「我還有罐尚未過期的牛奶……」

他摸了摸下巴，「唔，應該沒添什麼料，就是牛奶而已。」

老貓敏捷的跳下來，對他哈了幾聲恐嚇，「免談！你幾時把那朵鬼花燒了我才要去……你家簡直成陰間了，陰森森又冷得要死！」他甩了甩尾巴，竄上樹跑了。

能燒他早就泡福馬林去了……輪得到那株黑心蘭唱秋？沒辦法，愛屋及烏。畢竟是長春親手所贈，才容忍至今。

受了魔氣侵害，再讓那株鬼花的邪氣凍一凍……可憐的小蟲子不死也得死了。

最後他捧著燒瓶，去拜訪了長春。

「唔，這次的禮物，可能妳會不太喜歡……」遲疑片刻，使君子還是遞上燒瓶，「但我想也只能送給妳……只想送給妳。」

接過燒瓶，長春凝視著瑟瑟發抖的小蟲子。

這麼小的生命，被魔化毒害得很慘，倔強的想辦法活下來。沒錯，夾竹桃天蛾幼蟲，會啃食眷族的葉子……但族群龐大的眷族，很少因為蟲害死掉。

啃食葉子，回饋以消化過的排泄物為肥料。動物和植物，就是這樣的關係。人類討厭蟲害……只是因為人類總是毒死了蟲子的天敵，沒有天敵，過多的族群才會有所危害。

人類可以不了解，她卻不能跟人類一樣。

但已經成為人類的使君子，卻將這條小蟲救下，送給她。

果然，她的感覺沒有錯。使君的壞心眼和邪氣，都只是小小的捉弄和惡作劇，本質還是……很溫暖善良的。

「你明明知道……我會喜歡，卻說這樣的話。」她別開頭，「對我都賣弄這種小心思……忒小看人。」

「抱歉。」使君子溫柔的說。

長春鬢上的日日春，不管什麼顏色，都轉成嬌紅。

後來夾竹桃天蛾的幼蟲，讓長春養大了。她用本株的葉子，餵養這隻半魔化的幼蟲。在為生長過盛的眷族日日春修剪時，也會拿到飼養箱給幼蟲。

半魔化的幼蟲，過程非常艱辛的脫皮化蛹，最後羽化成一隻奇妙的生物。

比尋常的夾竹桃天蛾大好幾倍，翅膀有著原有種族、令人眼花撩亂的華麗花紋，蟲體卻擬真為人型，面目和長春極為相像。

介於蟲與花妖之間，半魔化的奇妙生物，在樓頂花園翩翩飛舞，很依戀長春。

最後長春讓她走了……反正她只吃花蜜，不會有什麼危害。而年輕的小生物，渴望和廣大的世界有交集。

或許幾個星期、幾個月，就會回來看看。也因此，使君子有機會看到她。她翩翩飛到使君子的手上，翅膀微微顫動著，仰頭感激的看著他。

「真說不上她是什麼。」使君子對著長春笑，「但世界就是有了這些『說不上是什麼』，才顯得比較美麗。」

「我很同意。」長春為他斟上一杯茶……沒有加料的錫蘭紅茶。

使君子淡定的喝下那杯茶……很欣慰自己沒有鬧肚子或中毒。

長春待他是很好的。使君子偷樂著想。

之九 眾生

夏天的時候，還在養育半魔化的天蛾幼蟲，大樓卻熱鬧起來。

其實大樓很少有空房子，幾乎是住了就不想走，明明是生活機能不太便利的地方……但還是有很多人一住就不走了，搬家潮往往發生在畢業季，外地的學生畢業了，才依依不捨的搬走。

原本長春以為是搬家潮，並沒有太注意，只是陣容實在浩大，才讓她納罕的探頭瞧瞧……

養老龍魚那戶的長子，居然搬回來住了。

他們住的A棟，都是大坪數的房子，他們還買下隔壁打通，非常的大。長春探望老龍魚時，就看著孩子們熱熱鬧鬧的充滿房子，然後漸漸成家立業，離開了，只剩下兩個老人家和菲傭。

看過人類許多頑固和自私的父母，她對這倆老人家倒是佩服的。不是子女不孝順不跟他們住，而是他們堅決的認為成家就該獨立，自成一家。一直依賴著父母，將來怎麼能獨當一面的當小孩的父母？

果然是站在時代尖端的現代人類。

現在他們家那個喜歡水草缸的老大，又熱熱鬧鬧的搬回來，傢俱真是多……才五口人，卻搬進來十來個水族箱和一大堆哩哩扣扣。

她啞然失笑，然後又有點惆悵。所以，老龍魚還是很識時務，那個七呎大魚缸，應該能讓長子種很多很多的水草吧？

結果，出她意料之外的。已經步入中年的長子，在七呎大魚缸裡頭放了沉木、石頭，綁著很多苔蘚，養了一群很小的魚，卻沒鋪土種成水底森林。

更意外的是，這個看到插座就想設水族箱，設了就非養些水草的中年男人，空了一個二呎缸，光禿禿的什麼也沒有種。養了一條大約十五公分長的……龍魚。

老龍魚小時候，應該就長這樣子吧？

「我們家，一定要有條紅龍。」他對自己的老婆說，「沒有我總覺得不踏實。」

「迷信還是制約？」他老婆笑他。

「我小時候……到工廠去玩，就會看到龍欽游來游去，老對我翻白眼。」中年男子笑了，然後笑容漸漸模糊，靜默了一會兒，對著小龍魚說，「龍二，快快長大。等你長大了，那個七呎缸我就清出來給你住。」

龍二好奇的動了動眼睛，在水族箱裡迴游。

長春看了很久很久。看長子的太太安慰似的按著他的肩膀，那個中年男子覆著妻子的手，專注的看著龍魚，強忍住淚。

龍欽，如果知道，你會高興嗎？長春想。或許會嘴裡罵罵咧咧，卻在深深的水底偷偷地掉眼淚吧？

人類，討厭的人類。

但是那天晚上純岳回家，驚喜的發現外婆奶奶親自下廚，很簡單的三菜一湯卻讓他吃了好幾碗飯，半碗公的湯都下肚了。

「有那麼好吃嗎？」長春半垂著眼喝茶。

「好吃啊好吃！有媽媽的味道！」純岳笑得很燦爛。

你……真記得「媽媽的味道」嗎？長春抬起眼，看著據案大嚼的義孫子。

理論上，純岳父母雙全，但他是在爺爺家長大的。理由挺好笑……其實他的媽媽是個很好的人，四個孩子，其中三個受到相當的疼愛，和人世間慈愛的母親沒什麼兩樣。

但她很相信某個大師的算命。那個大師說，純岳剋父剋母剋兄弟姊妹，那個大著肚子的母親就相信了。後來生產時難產，更堅信不移，死活要把這個老二送人。

後來純岳讓看不過去的爺爺奶奶接走了，回自己家的次數連一隻手都數不滿，母親對他一直很冷淡——他幼年時回去住過幾天，因為「害」哥哥感冒，所以又被趕回祖父家。

莫名其妙。長春想。每個孩子都是剋父妨母的，又何止純岳一個？哪個孩子不是讓父母勞瘁不已，花費大量精力、時間和金錢才養大的。為了孩子必須犧牲許多……興趣、自由，和青春。

從這個角度來說，每個孩子都剋父妨母，更沒有什麼生日，只有母難日。想袪除這種宿命……很簡單，不要生就好了，絕對不會被剋妨。

那個什麼大師的，絕對是神棍。

豐遙會偏疼這個沒神經又白目的小孩子，大概就是因為他這種倒楣的命運吧？就她來看，實在不算什麼……命格是輕了些，不到二兩，容易招風邪……但他們家那種健康到簡直病態的基因，風邪很少超過二十四小時。

不過，純岳倒從來沒有流露過絲毫陰暗或自傷自憐的情緒，一直呈現很嗨的白目狀態……小時候常惹得脾氣不錯的豐遙動球棒和棒球，來到這兒老是讓長春忍不住踹下樓。

像是現在，居然拿雞腿去逗羅羅，差點被發火的羅羅拖進七呎缸裡。明明告訴他一百次，絕對不要靠近那個水族箱，長春還在水族箱上用麥克筆寫了幾個大字：

「不要靠近我你這白癡！」

原本的溫情立刻轉為怒火，將他和雞腿一起踹下來，又罵了羅羅一頓。

結果被罵的羅羅和搭電梯回來的純岳都異常諂媚：兇殘的魔界植物巴結的拚命

開花，白目的人類義孫子低眉順眼的幫她按摩肩膀。

「……我養的生物，都有點怪，是嗎？」她沒什麼把握的問無瑕。

無瑕停下針線，很認真的想了想，「還好。長春大人常常創造奇蹟……所以養成什麼樣子都不奇怪。」

……明明他很認真，為什麼長春卻覺得被刺傷了呢？

* * *

她親眼看著這個城市草創、成形，然後繁華。

建立都市後，人類聚居就會開始產生污染，不能移動的植物無奈的枯死，動物則多了一條遷移的選項。

但有些生物適應了下來，甚至在人類的城市裡活得很好。特別是些開靈智的眾生。

有的積極入世，混居於人群之中。也有的悄然靜默的生活，冷眼看著短命的人類。

也有些，非常仇視。認為人類是人間的癌細胞，甚至有很激進的主張。

或許有些時候，長春是贊同這些激進派的。但礙於龐大的契約……城市的組成不光是建築物等硬體，「人類」是當中的「軟體」，所以她只能遺憾的請激進派離開。

只是，有的激進派她不會驅趕，僅僅警告後監視。譬如說……借住在大度山舊居的「獵人」。

比較好笑的是，這個捍衛眾生生存權，手段激進到暗殺某些盜獵者的「獵人」，卻是個真正的人類。

剛進屋，就差點挨了一發子彈。長春微偏頭閃過，「昭明，把眼鏡戴起來。」

睡得迷迷糊糊，面容清秀的少年，還握著冒著裊裊白煙的獵槍，「欸？啊！怎麼是妳？被我打著了沒有？」

「……把眼鏡戴起來。你面對的是衣架不是我。」長春無奈的說。

有著重度近視的獵人，從枕頭底下摸出眼鏡，戴上以後笑得靦腆斯文……依稀有那個女人的面容。

「長春妳來啦？」他胡亂的將亂丟在藤椅上的衣服抱起來，塞進衣櫃裡，總算清出個能坐下的位置，然後在冰箱亂翻，「妳要喝什麼……呃，好像只剩下啤酒……」

「或者伏特加和威士忌吧？」長春坐下來，「酒還是戒掉的好。那種東西喝多沒有半點好處。」

「我愛喝的是高粱！」昭明不滿的回答，「妳從來不記得我的喜好。」

「有必要記嗎？」長春拍拍旁邊，「坐下，我看看你的傷。」

「什麼傷？」昭明轉頭，「我只是賴床，沒有傷更沒有病。」

「坐下。」長春沉了臉。

於是這個神槍手乖乖的坐下，長春脫了他的T恤，後背怵目驚心的法術燒傷。

「……跟你說過多少次，不要跟同類動上手。這世界選擇了人類，眾生只能沉默的接受和適應，你為什麼……」

「我是眾生。」昭明打斷她。

「人類的確是眾生的一環。」

「長春，妳明明知道我的意思。」他沉默了一會兒，「而且跟我動上手的一定是身有修為的『害蟲』，不會是普通人類。妳知道我不會欺負弱小。」

「殺了幾隻害蟲，然後呢？鮫人會感激你？還是世界會平衡一點？事實上沒改變什麼。身為人就有『不殘殺同類』的咒。」

「……我是鮫人的『珍古德』。」昭明自嘲的說，「長春，我以為妳會了解我。」

「我是植物，非常清楚明白自己的定位。」長春一面療傷一面回答，「我不了解任何一個人類，但身為植物的我卻知道你在逃避『殺害同類』的因果。你今年九十八歲了，對嗎？」

「我是永遠的十八歲。」昭明將頭一別。

面容上，的確是。一面療傷，長春默默的想。

昭明的曾祖母是那個隨便女人的子孫，曾經讓長春短暫的養育過。那是個很聰明貼心的女孩，無師自通的村巫──人類似乎稱之為「尪姨」。

不知道是血緣，還是本身的天賦，昭明是個擁有陰陽眼的小孩子。沒有人指導照顧，小孩子又口無遮攔，結果就是成了被家人和鄰里厭惡的討厭鬼。

當時年紀才十來歲的小男孩，在封閉的漁村裡過著孤獨的生活，常常被過往鬼魂所驚擾，非常無助。

他往往在海口閒逛。因為海水與淡水的交界處，生於陸地的鬼魂不喜歡，死於深海的水鬼也討厭，反而比較清靜。

在他十二歲那一年，邂逅了一條人魚。那條好奇的人魚游到海口，看著在岸上對著她張大嘴的小男孩，粲然一笑，「欸？你看得到我？」

人魚告訴他，她其實是會泣淚成珠的鮫人，名為織織。但是神經實在太大條，長到現在五百多歲了，還沒掉過半滴眼淚。

這是昭明第一個朋友。每天眼睛一睜開，就往海口跑，和織織談天說笑，一起撿貝類和海菜，一起看著太陽落到海平面那端。他甚至自己做了個揹架，趕集的時候揹著織織去鎮上逛街。

「陸地真有趣啊！」織織很驚喜，「我好期待啊，我再十幾年就可以變化人形來陸地歷練了……」

「……妳等我長大！我長大會賺錢了，妳在陸地就有地方住了！」昭明拍著胸脯說。

善良的人魚笑得很美麗，送了他一條貝殼和絲編出來的手鍊，囑咐他不要拿下來。「雖然陸地上比較差……但也不會太糟。那些壞傢伙不會靠近你的。」

第一個朋友，唯一一個知道他陰陽眼的痛苦，設法為他解決的朋友。

但他的朋友，每天來找他玩的朋友，卻被個日本來的神官殺了。因為吃了人魚肉可以長生不死。

他親眼看到自己的朋友被割斷咽喉，那個狂喜的日本神官像是對待豬玀一樣，在她的傷口下用精美的碗接著人魚的血。

昭明拔出柴刀，悄悄的潛伏到那個過分狂喜的日本神官背後，造下他生平第一樁殺孽。

還沒完全斷氣的織織對他張口，語不成調。他強忍著眼淚仔細傾聽，織織用氣音說，「我死了以後……吃了我吧昭明……跟你一起，真的很好玩……」

一條人魚的死，徹底改變了一個少年的人生。

他發狂似的將織織吃了個乾淨，花了好幾天。守株待兔的等待神官的同伴到來，一個個冷靜的殺掉，因此受了致命的傷，卻因為人魚肉的加持很快的痊癒。

這大概不是織織的希望……她那麼善良。她要昭明吃掉自己的屍體，只是希望讓昭明活得好一點兒……的確，他吃了織織的屍體以後，任何鬼魅都能逃多遠逃多遠，連疫神都不例外。

但殺光那些自以為了不起的人類，是他的希望，他強烈瘋狂的希望。

藉由人魚肉的魔力，昭明徹底改變體質，甚至可以在海中漫遊無須呼吸。但也就這樣了。他強烈的需要力量，卻沒有任何人指導，所以他加入軍隊，盡其所能的學習，參與過二戰，因此非常嫻熟於槍械……然後搖身一變，成為「獵人」。

專門狩獵那些狩獵鮫人的能力者。管他是道士還是神官，神父或牧師。雖然織織已經死了那麼久，她的族人對待昭明那麼冷淡甚至有些敵意，他還是堅定不移的獵殺，逕自前往深海的墓地，把一顆顆處理得異常白淨的頭骨，堆在織織的墓碑前——棺木裡只餘被他吃殘的白骨和魚鰭。

長春會意識到他，就是這個除了槍法神準別無他能的獵人，在一次獵殺行動中差點被獵殺，那個法力高深的道士千不該萬不該，差點燒死昭明……因此點燃了他掛在脖子上的，曾祖母留下來的護身符。

異常護短的長春應符而至，嚇退了那個道士，救了奄奄一息的昭明。

對於這個義孫子，長春很頭疼……雖然直呼她的名字，從不喊「外婆奶奶」讓她覺得欣慰。

從某個角度來說，長春是贊同他的。但是礙於龐大契約，她必須維護中都的人類安全。

再說，殺那麼幾個人類……可以說一點用處都沒有。真正要讓這世界維持平衡，只能全數移除人類。但基於世界必然的崩毀性，一定會出現更強勢的靈智物種，然後繁衍過甚，造成另一種災難性的污染，結局沒有什麼不同。

人類很令人討厭，摧毀性很強。但這種靈智物種有個好處，就是個體性差距非常極端，總有一些人積極而發狂的、有意識或無意識的毀滅，又總有另一些人積極而發狂的、有意識或無意識的拯救。

誰也不能保證下個「天眷」靈智物種會比人類好……最少她就不覺得讓外來種

成為「天眷」比較好。

沒辦法，她是屬性消極的植物妖。她信任自然……人類口中的「老天爺」。她相信自然必定有所安排，即使道路通往毀滅的深淵。

甚至殺生都是無可奈何、非常不植物的。

但昭明一點點都不願意接受她的觀點。畢竟他是個人類……即使能在深海呼吸悠游，能夠踏波而行，擁有若干水族基本能力，但還是個易怒好殺的人類。

長春只能勒令他在中都不可傷害人命，讓他偶爾回來養傷休息，能夠做的也就這麼多。

包紮到一半，長春敏感的嗅到一絲絲熟悉的、若有似無的香氣。

她沉下臉來，「珍古德？你去北都找使君動手吧?!」

背著她的昭明沉默不語。

「昭明！」她語氣嚴厲起來，「使君不會動鮫人！」

昭明笑笑，「我只是去瞧瞧妳看上的傢伙是什麼樣兒……長春，妳不覺得他看起來有點像我嗎？」他轉過頭，「那為什麼是他不是我？」

長春想也沒想，「他是大人，而你是小孩子。」

「我九十八了！何況我們這種怪物，年齡根本不是問題！」昭明高聲。

「誰跟你講歲月？」長春沉下臉，「昭明，不管你多少歲，就算你活到十倍以上的歲月，你若不放棄這種逃避因果的殺戮，永遠是那個抱著朋友哭泣的小孩子。」

對，我不喜歡小孩子和笨蛋。長春默思。或許她只讓使君來探訪，是因為他有自己的秩序和規範，明白自己在做什麼和想做什麼……就跟她一樣。

窒息般的沉默蔓延，直到昭明爽朗的笑聲打破。

「長春，我隨便說說妳還真當真勒。」他推了推眼鏡，「只是剛好手癢，又恰好碰到了，切磋切磋而已。」

騙人。

但是長春沒戳破他，「……來我中都的新家吧。我比較方便照顧你。」

「又沒事。」昭明打了個呵欠，「妳家裡住著遠親，我怕開個玩笑玩壞了，妳會跟我沒完。」

「我種出鹹水也會盛開的花了。」長春淡淡的說。

昭明沉默了一會兒，「……好吧。」

他隨長春回家，對純岳愛理不理，反而待無瑕親切些。傷口才剛長出新皮，他就捧著長春特別培養出來的卡羅萊納過長沙，離開了。

他泅泳到深海，在織織的墳墓種滿了卡羅萊納過長沙。這種開藍色小花的水草，本來只能生活在淡水裡。但是因為別名為「海洋之星」，覺得有趣的長春特別培育了鹹水種。

織織最喜歡花了。有回揹她去鎮上玩，路過一片油菜花田，採了幾棵給她，愛得不得了，直呼時間太長，她好想快點能化人上陸歷練……順便看很多很多的花。

現在，會有很多花陪妳了。我很寂寞，織織。身為人類卻一直愛上眾生，這是一種不幸，對不對？

但妳也好，長春也好……我就是喜歡妳們。

「小哥，你再怎麼看，鮫人也不會復活蹦出棺材。」一隻海豚游近他，開口道。

「我明白。」

「我看你是不明白。」海豚嘆氣，化身成一個水藍色的少女，「每年每年，我都看你來好幾次。這都多少年了……那些鮫人還是討厭你。他們是很排外的。」

「我明白。」

「……哪，你要不要跟我去旅行？」海豚少女湊近他，「有隻老龍魚在我家作客，被他說得心癢癢……一起去旅行吧？他說要去大堡礁欸！我成妖以後都沒出過遠門……但我們都不認得路。人類應該比較會認路吧？一起去如何？」

「大堡礁？」

海豚少女歪頭看他，「堆同類的頭骨有什麼好玩的……我想鮫人不愛這種裝飾品吧？還不如替她去沒去過的地方。老龍魚就是這麼講的。」

「……好。」他推了推眼鏡，「去旅行吧。」

一則YouTube的影片轟動網路，被轉載得亂七八糟。在大堡礁潛水的遊客，目瞪口呆的攝影了短短一幕：

一個背著槍、沒有任何潛水器材、戴著眼鏡的清秀少年，和一條海豚以及淡水魚種的龍魚，出現在大堡礁和小丑魚嬉戲，指指點點像是在交談。

純岳看到影片張了半晌的嘴，匆匆抄下網址，衝回家用筆電給外婆奶奶看。

「蠢到被拍下來，真是……」長春嘆氣。

「好奇幻人間啊外婆奶奶！」純岳扶頰大喊，「沒想到YouTube上的主角幾乎都住在我們家過……實在太神奇了傑克～」

……你在這裡住這麼久，到現在才覺得奇幻人間？神經傳導是否太慢？明明人類是哺乳類不是蛇頸龍。

但連無瑕都驚呼，長春都不知道該說什麼。

使君子倒是很鎮靜，只是來喝茶時淡淡的提，那個背著槍的少年和他交過手。

「那是我的……嗯，那個隨便女人的子孫之一。」

「感覺得出來。」使君子淡笑喝茶，「觀念有點偏差……但是個不錯的小夥子。」

「我不喜歡小孩。」

「我算小孩嗎？」

長春垂下眼簾沒說話，很專心的吹涼手中的茶，默默的喝。良久才說，「不是誰都跟你的前雇主一樣，會去喜歡自己養的小孩子，多奇怪。」

使君子的笑漸漸的深了，垂著眼簾的長春，鬢邊的日日春也越來越豔紅。

那天使君子走了以後，長春到老龍魚的家看了很久。吃飯、看電視、聊天，很溫馨的家庭。龍二精力充沛的迴游。

等夜深人靜，所有的人都睡了，這條不安分的小龍魚頂開蓋板，打算試試自己的跳躍力，卻挨了一記彈指，差點就翻肚。

「安分點。」長春淡淡的說，「跳出來就是死定。」

「為什麼？我看主人他們都活得好好的。」龍二居然開口問。

……這麼小的龍魚也會說話？咕嚕嚕的影響力對龍魚特別有效力？

長春沒有回答，只是拎著小龍魚上來呼吸兩分鐘的空氣。

「妳要殺我啊?!咳咳咳……」龍二回到水裡逃得跟飛一樣。

長春淡淡一笑，「不要自殺讓你的主人傷心。」

龍二咕噥了幾聲，「……就沒跳過，想跳看看咩。」

白目的青少年。人類和龍魚都一樣。

後來龍二很敬畏長春，因為長春吊了一條剛死不久的跳缸魚在他缸子上，主人卻看不到。長春很輕描淡寫的告訴他，「這就是跳缸的下場。」

後來龍二的主人驚喜又納悶，他們養的龍魚肯吃飼料，非常討厭活餌，尤其是朱文錦。這對普遍挑食的龍魚來說，簡直像是中頭獎，他們家還連中兩次。

只是龍二有苦說不出。當你看到缸子上吊著日漸腐敗的魚搖搖晃晃一個禮拜，大概對什麼活餌都沒有胃口。

原來開靈智並不是什麼好事。龍二很鬱悶的想。

之十　花誦

滿地的玻璃像是水晶般，倒映著夕陽餘暉。長春看著倒在地上透明純淨如琉璃的多肉植物，默默的想。

不知道這樣是否已經如她所願。

人類啊人類。大膽而鹵莽的操縱生死的人類，隨意侵犯神明領域的人類。用組織培養的方法，養出只能在無菌燒瓶中生存的……晶瑩美麗卻扭曲的植物。

在這個被強烈魔氣影響的領域，萌發靈智，卻隔著玻璃，日日夜夜悲泣著，希望早日速死的植物。

撿起迅速枯萎的多肉植物，卻感覺到她在微笑，然後消逝脆弱的生命。

無瑕默默的找出掃把，把滿地玻璃掃乾淨，裝在垃圾袋裡，並且把房間弄亂。

人類很會大驚小怪，但「遭小偷」是可以接受的合理現象。

「……長春大人，她已經走了。」他小心翼翼的說。

「嗯。」但長春沒放下這株枯萎得如此迅速的植物，而是帶回空中花園，仔仔細細的埋在土裡。

後來她沒再提這件事，只有使君子來訪時，略略講了兩句。

使君子推了推眼鏡，「如果不是在此地，那株植物不會感覺到痛苦……組織培養也不全是致力於這種脆弱又不自然的生物……只是可能商品化，而且可以賣得很好。」

「嗯。」長春垂下眼簾，啜飲著使君子帶來的龍井。

「妳真的很溫柔。」使君子靜靜的說。

長春睜大眼睛，「我？使君，你看過我處置外來種，而且我殺生從不手軟。」

他笑了笑，「我喜歡全部的妳。」

長春鬢邊的日日春全轉嬌豔的紅，連臉頰都淡淡的沁霞暈，「……謝謝。」

使君子笑得深了一點，然後傾前握住她的手……

卻被摔開，長春滿眼失望，「使君，你終究還是個人類。」然後被驅逐出境，再也尋不到上樓頂的道路。

……等等，我到底做錯了什麼?!

向來淡定的使君子頭回慌張了，心神不寧、坐立難安……可受害的範圍擴展到他倒楣的學生、同事，並且延伸到魔界之門。最無辜的是葉子和西顧……太心不在焉的使君子終於把西顧對招到進了醫院。

葉子終於怒了，「使君子，你失心瘋啊?!」

「手臂骨折而已……會好的。」使君子嘆氣，「不過我真的快瘋了。」

「……你說說看?」葉子決定幫忙……不然下次西顧可能是頸骨骨折，「你又送了什麼怪東西給那隻花妖?你為什麼初戀要選難度如此之高的對象……」尤其是你的情商低到變態的地步……不過葉子並沒有說出口。

她頂多被刺激幾下，西顧的性命會有危險。

「龍井。」看到葉子懷疑的眼神，使君子說明，「就再正常也不過的龍井，得過特種獎的。沒有任何奇怪的地方。」說著他又嘆氣，「我只是牽了她的手，她就說，『使君，你終究還是個人類。』，就把我趕出來了。」

「她不喜歡你？」

「不可能。妳都會喜歡那隻小笨狗了。她的難度沒有妳高，我也比小笨狗強太多。」

「……」

但讓使君子幾乎把台北盆地搞得天怒人怨之際，長春又像是沒事人般寄宅即便給他，替他增添標本的多樣性。但想去拜訪她，依舊是不得其門而入，手機更是永遠打不通。

女人心，海底針。老是讓人痛苦的使君子終於也感到痛苦了。不管什麼種族的女人都很海底針，真是個令人沮喪的事實。

嘆著氣打開包裹，一份份包得很細心、或死或活的標本……大概是外來種沉寂了一陣子，又開始討皮癢了。

翻著翻著，一片雪白的葉子飄下來，引起他的注意。這是花鬼的葉子……生存的太艱辛，每片葉子都很珍貴……怎麼會夾在這裡頭？

上面很潦草的寫了兩個字：「花媒」。

花媒？

啊，難怪長春會說，「使君，你終究還是個人類。」。果然他淡忘了許多事情，包括植物妖的風俗。

植物妖若是雌雄不同株，即使彼此情投意合，也必須藉助風或蜂蝶傳達心意，才能正式交往。植物沉靜，並不像動物那樣積極，更不像人類毫無禁忌。

當然也有被人類污染得太深，隨意苟合的極小部分。但長春並不是那些隨便的花妖。

「是我的錯。」使君子喃喃著，然後焚香召喚，並且深思，翻閱書籍和網路。

半個月後，半魔化天蛾翩翩地從台北盆地飛來，攜帶著一卷薄如蟬翼的帛書。

長春張了張嘴，終究沒有說出拒絕的話，展開薄薄的信紙，一行行看著。沒想到，使君子居然寫日文信給她。

「私しや花か　蝶々か　鬼か

あはれ身も世も　あらりようものか
べにの代わりに
さすのは　刃じゃ
たんとほめて　くだしゃんせ

私しゃ 咲く花　咲いて嬉しや
あはれいつは　散りゆくも花
縁は切れるが　あの子は斬れぬ
斬れりゃ地獄が増えてゆく

私しゃ 枯れ花　鬼のつぼみじゃ
とめてとまらぬ　色づく血色じゃ
べにもあの子も　わしにはいらぬ

いつかつぼみに戻りゃんせ❺」

和長春面貌相似的纖細天蛾，張嘴唱著輕快的歌詠。

嗯，長春懂日文。她十七世紀末就生存於此，中文之外，自然精通日文，連西班牙文和葡萄牙文都略懂。

所以她明白歌詞在說什麼。

「妾身是花，或是蝶，亦是鬼。

可憐身與世，汝可知解？

替與胭脂，刺出刀劍，

請好好稱讚妾身。

妾身乃盛開之花，滿開愉悅。

悲切甚之（即使滿開）總歸凋零。

緣可斬斷，卻不忍傷害那孩子。

不停斬敵，地獄蔓延。

妾身乃枯萎之花，鬼之蓓蕾。
想停下卻無從終止，血色已然染遍。
染上嫣紅的那個孩子，吾已無需。
何時才能回歸蓓蕾。」

回首前塵，她並沒有悔恨。但是看著指端的血，死在自己手裡的生靈，偶爾會有惆悵。養育過一代又一代人類的孩子，看著他們快速的從稚嫩到衰老……也有著另一種惆悵。

無人訴說，也不覺得值得訴說。但她不曾提起，使君子卻能明白得這麼透澈。

她落下透明的眼淚，默默採下本株的枝枒，並開著粉紅與白的花朵，遞給身為花媒的半魔化天蛾。

❺摘自日本動畫《半妖少女綺麗譚》原聲帶「紅花ノ乙女唄」

遙待消息的使君子拿到並開著粉紅與白的日日春，露出溫雅的笑，沁滿寧靜，深染原本騷動不已的台北盆地，連墨心蘭的邪氣都短暫的安寧下來，整個台北盆地瀰漫著若有似無卻寧靜的花香。

終於，終於。終於等到花開時節。

學生上頁的動畫也不是完全沒有用嘛，這次期中考就放水一點好了……反正期末考還能大開殺戒。

「我就說過，難度不會比妳高，我也比妳的小笨狗強太多。」準備南下的使君子還是先拐去探望西顧，對著葉子說，「只是需要一點技巧。」

「誰是小笨狗啊?!」脖子還吊著吊帶的西顧怒吼。

「西顧，不要太激動。」葉子無奈的安撫，轉頭只對使君子簡潔的說了個字，「滾。」

心情很雀躍的使君子，決定大度的先放過前雇主……君子報仇十年不晚，時間問題而已。

他捧著一塊充滿化石痕跡的沉積岩，上面佈滿了生物的痕跡。長春一定會喜歡的……相較於石頭與大地的古老，他和長春顯得多麼年輕，還有那麼長的時光可以一起等待花開。

長春一定會懂的。

他趕往火車站，用人類的方式去拜訪。口袋裡放著濃縮的惡魔精氣膠囊，則是要偷偷拿給無瑕的，謝謝這個真正的「花媒」。

火車到站了。他上車，深深吸了一口污濁卻親切的，人間的氣息。

或許不會有什麼改變：他依舊在台北盆地看守魔界之門，長春繼續鎮壓上古魔種。但也完全不同。

他可以一直充滿期待的探望長春，長春偶爾也會來探望他。有過花媒，他能牽長春的手了。

即使急切得有點焦躁，卻是甜美的焦躁，每一分一秒的過程都很美麗。

火車開動了。

（長春全文完）

作者的話

果然很鬆散。（點頭）雖然我原意就是想寫個鬆散的單元劇。

其實我最想寫的是最後的花誦，大概是我把《長春》寫完楔子以後才看到《半妖少女綺麗譚》，那時就呆了好一會兒。

當然這部動畫不太好看，但是戰鬥歌非常有味道，大概那個時候結局就定下來了。然後中間穿插的單元劇就是很鬆散，因為我最喜歡的就是那種「英雄的日常生活」，所以我就這麼寫了。

中間卡文都卡在很小的點……因為這部是從植物觀點（假裝是植物）去書寫，所以對人類必然的存在性感覺到困惑……每次卡殼都卡在這種地方，逼得我必須不斷地去思考，於是卡文。

這次「之九」以後會卡好幾天，是我在拚命壓榨能不能再榨出一兩篇……不然真的很像在騙錢——字數嚴重不足，只有六萬五。

結果我真榨不出來。（攤手）

故事只有這麼長這麼多，我就算想擠也擠不出來。我答應老闆給他，但這麼尷尬的字數只能說不好意思，請您看著辦。（毫不負責任）

當然可以想見，讀者也不會滿意……但一起頭就說了，這是鬆散單元劇，甚麼時候結束我也不太清楚。所以讀者的不滿意我也只好任性的轉頭，不是不想多騙點錢，是我實在擠不出來了。

而且這個結局一直在我心底迴繞，不得不寫出來省得吵鬧不休，無法休息。

好啦，我終於填上這個坑了，可以安息。

希望老天爺垂憐，不要隨便讓我再挖坑了……要挖就偷偷挖在自己電腦裡，即使殘稿也不會被念。

今年初一直到七月，我的身體終於破了歷年新低——病到兩度進急診室。就是身體太衰弱了，略略好些時很渴望旅行賞花，卻心有餘而力不足……只好在家種花給自己看。

只能說，國外行之有年的園藝療法對我來說實在太有用了，我八月開始種花，身心靈的確受到極大的撫慰和安頓，最少我能外出散步、騎機車去看醫生，而不會走兩步路就暈眩，連回診都得搭計程車了。

說到底，就是很沒用很脆弱的精神官能症嘛。（自我鄙視）

當然也是所住的地方地靈人傑的緣故……當然有一點點副作用，那就是三個陽台都叢林化，並且趨向雨林化——種花還不過癮，魚從戶外缸養到水族箱……很傷腦筋。

但基本上還是開心快樂的。

於是，我著迷於什麼就會寫什麼，就有了《長春》這樣鬆散單元劇的植物妖故事。第一次用植物觀點（假裝是）寫作，感覺很奇妙有趣。

看到滿陽台植物，這種天氣依舊開花，被打賞的我，覺得很安適。

果然人類還是不要離開土地太遠。

希望能在下本書與諸君相逢，也希望諸君喜歡這個小故事。

蝴蝶2011/12/1

附錄　長春角色答客問

盛開之花・枯萎之花

長春

——為什麼長春設定的花種會選用日日春呢？有完整的設定嗎？（長春誕生的確切時代為何？她的生命是無限的嗎？）

因為我種了滿陽台的日日春。出門拍照也很喜歡對準日日春狂拍。我喜歡這種堪摧折的清秀，覺得堅毅又美麗。

所謂的完整設定……（搔頭），誕生的年代我好像寫了很多次？就是明末十七世紀末，難道是我寫得不夠多次嗎？（納悶）

她的生命當然不是無限的，只不過她的生命都和全島馴化種日日春綁在一起，除非所有的馴化種都枯死，斬除她的本株，這才有可能真正死亡吧？

植物是很堅韌的。

——為何長春會那麼強，而且似乎是一成妖就強。是因為契約，還是因為龐大的眷族，或者是天才？當初讓長春妖化的術法有詳細設定，或有什麼特別之處嗎？

應該是眷族廣大，知覺共享，所以擁有廣泛的知識。所謂知識就是力量嘛。

她擁有龐大的馴化種眷族，又背負龐大的契約，非常強不算很離譜吧？想想看，所有馴化種的力量都能為她所用，要知道植物只是生長緩慢，其實力量是很大的，想想看全島有多少馴化種吧。

而且她背負的契約之龐大，是一島生靈的命脈（雖然語焉不詳又含糊），但契約就是契約。契約越龐大越束縛，力量就會越強。

——請問長春的家是怎麼設定的呢？那個神奇又美麗的花園，有沒有參考什麼現實中的地方？每種植物都有劃分區域嗎？

這個神奇美麗的花園的確有文本，當然沒那麼美麗，只是說書人虎爛吹牛天賦點滿的結果。

在哪？我就住在文本裡啊。

長春的家師法自然，植物當然沒有明確的劃分區域……又不是人工花圃。但在環境適合的地方長得特別好，這點和現實沒有什麼兩樣。

——長春總是唱著的那首咒歌是怎麼來的，是蝶大自己寫的，還是有什麼典故？

這是參考台語歌曲「日日春」然後改寫的。我是老人家嘛，當然會喜歡老歌。其實早期的台語老歌很有味道，偶爾我會哼哼唱唱。

但是在《長春》的設定中，這首咒歌是她的飼主自編自唱的。家養植物妖受飼主影響很深，所以變成長春的咒歌。

——使君是長春的初戀嗎？會不會出現其他地區的植物強者與使君競爭？

是初戀沒錯。坦白說，長春的處境有點尷尬。她很想當株純粹的植物，無可奈何的成妖，又無可奈何的撫養人類，視人類為義親。在眾植物妖中，她是個特別的存在，值得尊敬卻敬而遠之。

親人的植物妖覺得她太冷淡，不親人的植物妖覺得她太人類。

我想除了非常識貨的使君子，其他植物妖頂多就是孺慕，很難愛上她吧？

——長春不忌諱離開本株所在地嗎？假使傷到了她的本株，會造成什麼影響？

這就是契約過分龐大的後遺症。當初的契約太含糊，但又如此巨大，所以她能在本株所在的廣大範圍內活動，幾乎涵蓋整個中都，偶爾離開也可以藉由龐大的眷族那兒和本株聯繫，只是身為植物的她不怎麼喜歡這樣，但還是沒問題的。

傷到她的本株就可以實體性的傷害到她啦，但除非是傷及她的根，不然幾乎都能快速痊癒。

要不她怎麼能拿本株的葉子去餵半魔化天蛾呢？

——長春如果不在家（比如去逛花市、祭四神、找使君喝茶聊天等），那大樓的安危誰來負責呢？是請四神暫時代理，還是把羅羅放牧？

其實都不是，別忘記她廣大的眷族啊。她不在家的時候眷族就擔任警戒的工作，而對她來說，本株所在的中都，是可以瞬間來去不用花什麼妖力的。跨縣市才需要龐大妖力。

——請問為何要送名牌的手帕給使君子？再請問那麼多的名牌，為何選中BURBERRY呢？

就是一種少女的彆扭嘛。「借了你的手帕，我可是洗乾淨還你了。而且還送了更厚的禮回了唷，私相授受什麼的，根本就沒有。」

至於為什麼是BURBERRY……因為她去百貨公司找不怎麼娘的手帕，一眼就看到這一款。對於金錢很遲鈍的花妖，當然不會在乎價錢。

——請問長春鬢上的日日春需要修剪嗎？（像異語的朱移那樣）

不用。囧

她的形象是飼主的想像所投射，所以成妖後才是那種鬢上繁生各色日日春的少女。並不會有徒長的疑慮，請放心……

——其他故事裡的植物，有機會在長春中出現嗎？（如：玉里的芭樂）

饒了我吧！（哭）

長春只是很單純的種花心得衍生，又剛好寫完《西顧婆娑》，覺得使君子遇到這樣的外婆奶奶應該很有戲才順便寫一下……沒有其他關連了啦！

通通要關連起來我真不用活了……

——為什麼感覺長春很刻意避開戀愛的氛圍呢？（因為她每次害羞時都把臉紅轉移到鬢邊的日日春上，還是那只是傲嬌的表現之一）

應該說，業務不熟悉吧？

她是一株植物，本性就比較冷淡，即使和人類有無奈的牽扯，還是擁有植物的心。植物如果雌雄不同株，必須藉助媒介，如風、昆蟲等，才能結合有籽。

「戀愛」這種情感，對她來說太陌生啦。畢竟她一直都是「外婆奶奶」，被眷族擁戴，植物群孺慕的「長輩」，從來沒有任何人（或妖怪）追求過。

從來沒有這種需求和被需求，突然被使君子追求，她當然會不知所措啊。最方便的辦法當然是……裝作沒這回事，轉移臉紅為上。要說傲嬌……也算吧。

使君子

——請問最先在《西顧婆娑》中出現的使君子，當初是怎麼決定選這個植物的呢？又是在什麼轉折下，讓好青年走上腹黑的道路呢？

因為使君子是沒辦法種在我陽台的花（嘆氣）。中興男宿有叢使君子，花開時節我幾乎天天去看。名字美，花美，香氣悠遠，而且還是藥用植物……打蟲專用，簡直是太完美了。所以使君子成了《西顧婆娑》裡不可或缺的角色。

至於使君子是「好青年」？這當中一定有什麼誤會。他跟著婆娑時，本株瀕死，又拚了最後的修為力克吞聲子。養病護主之餘，連說話都沒力氣了，哪有多的展現他的腹黑。

使君子這種植物初綻的時候是白色的，漸漸才會變成紅色。所以你以為純潔的花，其實是會變樣兒的……

他一直都很腹黑，只是重逢婆娑時，強健到足以表現他芝麻湯圓的本色罷了。

——請問使君子心中是怎麼看待婆娑這位前雇主的呢？（很喜歡這對前主從，因此相當好奇他們對彼此的看法，若有設定花絮還請務必透露）

應該說，一方面很感激她，另一方面又很無言。被取了一個大眾到過分的名字，差點把命給丟了的護主，老被婆娑呼悠（比方說他一定會好之類），只是之前孱弱到連回嘴都覺得浪費力氣。

君子報仇，幾百年不晚嘛。所以他才會很樂的戳婆娑和她的小狼狗……呃，西顧，但也提供珍貴藥材，明裡暗裡照應著他們。

簡單說，他們是朋友。婆娑的感覺比較接近「誤交匪類」的悲傷，使君子則是「匪類前雇主是我的快樂」這樣。

——使君子雲遊後換個身分再回學校，每次都是由正常管道招聘進去，還是學校有不能說的共識？

表面上是正常管道招聘，但實際上……幾乎都是催眠術和假文件啦。校方當然也是知道的，還會幫著掩護。畢竟這也是校園安全的一環。

——使君子的收藏怪癖是怎麼來的？而且感覺上只有增加沒有減少，請問他的福馬林儲藏室不會不夠用嗎？

他都修煉這麼久了，有個攜帶型（可擴充）洞府也不是太奇怪吧？不過這樣講很多人不懂……這麼說好了，他有個法寶可以固定，成為一個很多很多樓的地下室。說是標本室……規模大約是地下化的中央圖書館那麼大吧？

別忘了他當了很多年的助教啊，從植物系到農藝系。一個學術研究人員喜歡泡福馬林做標本很專業啊，沒有任何奇怪的地方。

——請問之後有沒有什麼機會讓使君子去求婆娑，讓婆娑可以欺負他的點呢？葉子和西顧會見到長春嗎？

使君子和婆娑的口頭戰鬥力，大概是洲際飛彈與袖珍掌心雷的比例。這方面使君子是無敵的……

葉子和西顧會不會見到長春……應該會吧。使君子怎麼可能不把長春帶出來顯擺？葉子絕對會被戳得頭破血流……

——花魂底人身的使君子為何能化手為藤？使君的修煉境界厲害到哪種程度呢？

使君子雖然轉換跑道當人類了，當然還是最熟植物的戰鬥法術。既然孟婆湯沒泯滅他的前世記憶，修煉之後當然是把前世的學問好好複習發揚光大。都有六脈神劍了，難道不許個花魂底修道人「化手為藤」？

使君子的武力表現在台北盆地最佳——雖然不像長春能夠靈活運用全島馴化種力量的強悍，但他既然已經是台北盆地植物之主，即使只能彙總部分力量，用數量補足，也不下於長春。

但離開台北盆地，他的武力值就沒那麼高了，畢竟他沒有背負龐大契約，只是個花魂打底的修道者。

——請問使君有計畫在寒暑假去長春家小住幾天嗎？（順道帶上黑心蘭）

花媒之後，的確可以實現小住的願望，但他絕對不會帶上黑心蘭的。開玩笑，這樣不就讓長春知道，他和黑心蘭相處得非常惡劣？

反正他是台北盆地植物之主，借點雨定時澆水還是ＯＫ的。

——請問使君蒐藏魔物的「福馬林」配方跟無窮十二萬分之認真研究蒐羅泡元嬰，給屍解散仙用的藥用「福馬林」是同一款配方嗎？兩者有關係嗎？

當然一點關係都沒有。＝＝

使君子的福馬林就是防腐、防止標本復活或重生，非常學術的。無窮的「福馬林」是眾多珍貴藥材潤養失去肉體元嬰用的，是無窮滿滿的愛啊。

——使君子花魂人身照理說跟自然比較親密，如果去修「巫」會不會比較適合？

應該是可以修，但他那麼芝麻湯圓……我想連渾沌都不想被他服侍吧？==a

被自己的覡（男巫）腹黑毒舌情何以堪。

——使君子是貓癡嗎？所以才喜歡摸喵的肉球嗎？

喜歡貓而已，還不到貓癡的地步吧？摸過貓的肉球，你就知道不是只有貓癡會被征服……應該是任何人類都會被征服吧。

據說惡魔都不能抗拒呢。

長春&使君

——如果長春跟使君子在一起，那誰是誰的眷族？如果彼此成為眷族，長春是否也能把台北當做自己的領地，發揮百分百的能力？

吭？你想植物們會在乎誰是誰的眷族，誰擁有誰的領地？不要互相遮光就好啦，植物會考慮這些嗎？那是動物甚至人類才會考慮的。

長春根本不用搭使君子的關係，就能隨便發揮能力啊……文中已經寫過了，只是尊重領主，不是不能運用。

——兩人各自建立勢力範圍的初期，是武力鎮壓還是別人自動依附？

使君子很偶爾才運用到武力鎮壓，而且針對的絕對不是植物群或植物妖。他來到台北盆地，種植花木、排解糾紛，勉強可以形容的，應該說是「以德服人」，植物群和植物妖喜歡他所在之處，漸漸臣服。

長春則是更植物的隱居大度山，很植物的低調，很植物的掃除有害領域的一切，她也應該算是另一種「以德服人」。

——請問您一開始寫這篇故事時，原本就預定要讓他們兩位在一起嗎？

沒錯。

——若兩人最後有情人終成眷屬，會有小芝麻湯圓寶寶嗎？

長春不能結籽。簡單說就是沒有生育能力。所以你的問題很簡單的解決了。

無瑕

——請問蝶大，怎麼會特地安排如此溫柔可人的人物呢？是為了告知讀者，不論是否自己出生於不良的基因，或生存在渾沌的環境，一樣可以保有美好的心靈嗎？

呃，我有一棵白子蘋婆。我一直非常喜歡他，也很哀憐他最終必然的死亡。但一個說書人能做什麼呢？唯一能做的就是把他寫入書裡，讓他無瑕的身影一直存在下來。

——請問無暇長的那麼完美又溫柔，會不會有雄性生物誤認來求婚？

嗯，因為我不會寫ＢＬ，所以大概不會有這種誤會。

——他會和主人見面嗎?可以和主人在一起嗎?

他一直都跟主人在一起吧，沒有須臾分離。至於見不見面……其實我不知道。XD

但我想，見與不見，其實一點關係也沒有。毫無天賦的飼主不是一直感覺得到他，他也一直溫柔凝視著自己的飼主嗎?

黑心蘭

——請問蝶大為什麼會寫出黑心蘭呢?這蘭花會一直待在使君那裡，還是會有別的結局?

我在花市曾經看過非常震懾人、宛如妖魔的蝴蝶蘭。雖然因為空間的關係，沒能擁有(我也不敢種)，還是印象很深。後來我偶然看到一些被殘忍對待的蝴蝶蘭，覺得很感傷，說書人又沒其他辦法，只好在書裡圓滿。

我想會一直在使君那邊吧，成妖不是那麼簡單的事情。

——黑心蘭的邪氣會有消失的一天嗎？

近墨者黑。你想跟使君子住在一起的黑心蘭會白回來嗎？

——黑心蘭會不會對於自己變成全台鬼屋景點之一感到驕傲？

你可以撥個電話訪問她。或者腦袋上裝個天線試試看。

——請問黑心蘭會成妖嗎？會不會有與使君子大鬥法的劇情呢？雙方黑來黑去一定很有趣^^

成妖不是那麼容易的事情。一來沒有契約，二來沒有歲月，三來沒有機緣。我想她會不斷的散發邪氣，繼續鬼屋這個很有前途的事業。

——如果長春親自培育黑心蘭的話……？

那可能就會白回來……沒先讓純岳連續風邪到掛點的話。

羅羅

——請問羅羅最後會成妖嗎？有設想過成妖後的設定嗎？

……那是魔界植物，為什麼會成妖？長大變成成熟體的植物魔有可能，但需要很多很多的歲月……我想我們活著的時間都看不到她長大，所以不用關心到那麼遠。

——羅羅和黑心蘭長大後會不會成為好友，或有別的發展？

把兩隻飢餓的鯊魚放在一起會變成好朋友嗎？我不建議這麼做……

說不上是什麼的奇妙生物們

咕嚕嚕

——請問咕嚕嚕是怎麼設定出來的呢？聖種到底是什麼，在魔族中又是什麼樣的地位，導致西方要如此犧牲部屬的來爭搶？是王權的象徵之類的嗎？

每次讀者問設定集我就會覺得哀傷……麻煩你們撥電話給暴君。他硬塞給我，我不得不寫出來，真的不知道來源啦。

聖種，聽起來就很了不起。我想跟倚天屠龍劍生物版差不多吧？

——想知道它為何會被埋在中都的祕辛，這麼強大的存在是否就是《沉默的祕密結社》中，有提到的已故高人鎮壓在中部的強大存在？

跟《沉默的祕密結社》一點關係也沒有，謝謝。

其實世界很古老，而人類的文明很年輕。地底下有個未孵化上古魔種很奇怪嗎？一點都不。奇怪的是，還在這塊地亂蓋建築物的人類吧？

——請問蝶大，咕嚕嚕沉眠的時候還有意識可以感應到外界的動靜嗎？會作夢嗎？感覺咕嚕嚕還滿喜歡長春的。

我剛打電話給咕嚕嚕，他沒有接。所以此題無解。

——咕嚕嚕會誕生嗎？會有它破繭而出後的故事嗎？

讀者君，相較人類的壽命，我想我們的十八代玄孫都看不到他破繭而出的瞬間。這個問題留給長春煩惱吧。

——請問咕嚕嚕的無線冷氣是怎麼設定的？

長春：「咕嚕嚕，我要跟你借點溫度。沒反對？那就是同意了。」兩張符，一張放置在咕嚕嚕的附近，一張貼在冰箱，完工。

龍欸（老龍魚）

——愛說話又愛哭的老龍魚會成妖嗎？有機會出現在之後的故事嗎？

成妖是那麼簡單的事情嗎？（嘆氣）

若他能活個三、五百年說不定可以。

——想知道他們三位非人會雲遊四海多久？行程中有沒有什麼有趣的小插曲？龍欸會不會再回來說故事？

別挖坑。我面對月球表面般的坑群表示非常煩惱。

——請問蝶大，是什麼樣的緣由讓妳創造這些不知道要歸於什麼的角色呢？

因為照我的血壓和血糖、視網膜，我應該不是中風癱瘓就是成了瞎子，再不然就是乾脆掛點。

但我不但活著，視力ＯＫ，行動自如，種花養魚，只是偶爾神經兮兮。

我就是「不應該存在」的存在。

應該用水苔或蛇木，種在陰涼處的蝴蝶蘭，有人種在土裡，接受露天的大太陽，依舊開花嬌豔。

從土地稀薄的柏油路，長出生氣蓬勃，花開粲然的日日春。

許許多多無法生存或環境完全錯誤的地方，存在著不該存在的生命。

我養的生物都有點奇怪，小狗似的鬥魚和喜歡和我對望的女王燈。在不應該的季節不應該怒放的馬齒牡丹。

我甚至養過會如狗吠頻率般「喵、喵喵喵～」的阿法貓，會對客人搖尾巴迎賓，甚至牠會照顧小貓，洗澡舔洗，保護備至，教牠們上貓廁所和吃飯……可牠是隻公貓。

世界就是有這些「說不上是什麼」，才顯得神奇而美麗。

喵（老貓）

——老貓怎麼會說話，又怎麼會活這麼久？這隻會說話的貓有沒有原型模特兒？牠是像《荒厄》裡的關海法一樣的真貓嗎？

文本應該是我養過的阿法貓吧，非常有人性，甚至我們彼此能理解對方的意思。

我敢肯定阿法絕對不是妖怪更不是真貓，牠就是一隻普通的貓而已。但一隻普通的貓為什麼不能有特別的表現呢？

——請問蝶大，老貓會不會跟使君子來長春家做客呢？如果和長春「管區」內有靈識的動物相會，他們會不會互爆八卦之類？

如果他願意的話，或許會吧。不過貓是一種喜愛自由又任性的生物，很難說。

夾竹桃天蛾

——為何會選擇夾竹桃天蛾幼蟲來做為半魔化的角色呢？因為牠的食物為「日日春葉子」嗎？

是呀。每天澆著日日春，當然也會注意有沒有「訪客」。如果有，我應該會特別抓起來撫養吧。

——牠怎麼會出現在魔化的庭院中？會長的像長春只因它吃了長春本體的葉子，還是有其他因素？會有後續的故事嗎？

夾竹桃天蛾會在任何地方產卵，偶爾飛到魔化庭院產卵，很正常吧？長春用自己本株的珍貴葉子哺育，長得像她也沒什麼不對。

再次鄭重表示，不要再挖坑了。沒有後續了！

——因魔化而須特別食材之故，所以長春餵食本株葉子，也間接導致羽化面貌和長春十分相似（使君眼睛發亮）。但若是餵食無瑕本株（無瑕：我身子弱，請別亂拔……）、羅羅修剪過後的斷枝殘葉（羅羅抓狂撓玻璃）、黑心蘭葉子（黑心蘭怨念持續加強中），結果又會是如何呢？不會是從天真小可愛，轉變成芝麻湯圓一丸吧？

……如果還有其他半魔化天蛾幼蟲，你可以實驗看看，還能做個對照組之類的。說不定還能發表論文唷！妖魔昆蟲學的未來就靠你了！

人類什麼的，最討厭了。

外婆奶奶的孫子們

——請問蝶大，有設定譜系表嗎？除了幾個在故事中出現的角色，還會有別的孫子們的故事嗎？

……我有做錯什麼嗎？為什麼我還得罰寫族譜?!

——請問蝶大是怎麼想到純岳這個角色的？

我只能含蓄表示，目前我和我家長子住在一起。（遠目）有個當作家的媽，被剝皮的孩子表示沉痛，並且很寒冷。

——純岳和黑心蘭還會有交集嗎？

理論上沒有。黑心蘭沒長腳。

——純岳感覺是天生的災難製造機，八字還只有二兩，難道外婆奶奶完全沒打算教他兩手護身絕招嗎？

吭？見血就暈的人能學啥？學了又能幹嘛？他不要自己去找刺激通常可以活得很平安，不要忘記他們家那種病態般的健康基因。

——純岳對於快變成「阿公」的使君抱持著什麼想法呢？

純岳：「使君子叔公我研究所能不能去你們那邊念可不可以罩我……」

使君：「當然可以。」

於是純岳念了七年的研究所還不能畢業。（完）

——純岳跟西顧年齡還算相近，也都有點傻傻的熱血青年樣。兩個人有機會出現交集嗎？（以純岳的惹禍能力，感覺會是很有趣的大災難？）

不會（肯定）。

因為我不想再挖坑了。

無暇的主人（欣怡）

——請問這個角色最初的設定是……真的只是單純的宅女兼腐女嗎？之前是否有在其他故事出現？

這是新角色新人物……而且我再次鄭重說明：《長春》和《西顧婆娑》互有關聯外，是獨立世界獨立系列，請不要再玩連連看了。

——她真的看不到無瑕嗎？還是隱約知道，只是怕表現出來嚇跑無暇？

真的看不到，她缺乏天賦啊。但是人類的「感覺」總是比「理智」發達。不相信的話，去花園澆花吧。

隨隨便便的女人

——關於這個女人有沒有更詳細的設定？會不會出現隨隨便便的故事呢？

我不想把這個故事寫得很悲苦，已經盡量避重就輕了。明末的女性會出現在台灣，通常都是海盜打劫來的，職業通常是娼妓。而且長春飼主還識字，甚至還有本書……她原本應該是個千金小姐。

知道這個並不有趣……

其他

——請問蝶大，青龍當初為何不早點去土地公那？很沒有良心的四神們是否還有後續有趣的故事呢？

請白海豚繞道吧……哈哈，我突然想到這個典故。

其實是我家附近的河川在做工程，噪音幾乎要把我給宰了。如果有人跟我說，「你怎麼不早點搬家？」我大約會扁人……

就像人類不能輕易搬家逃離施工現場，青龍也相同。若不是情況真的太糟糕，長春不會去把祂撈去土地公那兒。

再次說明，禁止替我挖坑。沒有後續。完。

——這部小說的時空背景除了跟《西顧婆娑》一樣，還有跟哪部小說的設定重疊嗎？是否跟龐大設定集有關？

並沒有。

——蝶大似乎很喜歡中都，為甚麼是中都？

因為我住在這裡。

——其他地區的植物主人有設定了嗎？日後會出現嗎？

設定在我腦海裡啊~但我不想挖坑了。我覺得我命很苦，自己挖的一堆坑補不完，讀者還幫著挖。

——那個抬去種的、被強迫修枝的希臘女神會去找長春挑戰嗎？

首先，她要能摸得到長春的家樓梯往哪上。使君子都辦不到的事情，臨終少女……我是說林中少女辦得到嗎？

——十二花神、魔族派蒙、古辛等，是在甚麼情況下產生的角色？

多讀書沒事，沒事多讀書。十二花神看農民曆偶爾有介紹，派蒙、古辛等惡魔是所羅門七十二惡魔當中的幾個。

——請問西顧經過使君調教還有婆娑調養（聽起來很害羞-///-）能撐到老年嗎？

沒問題啦，反正不用替西顧擔心。婆娑甩不掉小狼狗的。

——很喜歡蝶大書裡面的地基主和土地公，不知道這些可愛的角色是怎麼出現的呢？農家爺爺土地公跟《沉默的祕密結社》裡的土地公有沒有關係？有原型嗎？

關連性我前面已經有說明了，不再重複。

至於和藹可親的農家爺爺文本……是我過世已久的公公，前夫的爸爸。我自己的父親是個渾球，在我九歲就拋家棄女。我心靈上真正的父親，反而是這個沉默寡言又厚道內向的公公。

——想知道使君平常都怎麼對待那些可憐的學生？

你沒被表面和藹可親，事實上心狠手辣的教授當過嗎？你運氣真好！

其實使君子也沒對學生很差啦，語氣用語斯文，只是舌頭毒了點，要求高了點，把「女生當成男生用，男生當成畜生用」奉行的徹底了點。

最常講的話是，「很努力，但是，還不可以喔，繼續加油。」讓學生努力好幾個禮拜的報告，輕飄飄的從頭開始……

國家圖書館出版品預行編目資料

長春 / 蝴蝶 著. -- 初版.
-- 新北市 : 雅書堂文化, 2012.01
面； 公分. -- (蝴蝶館 ; 53)
ISBN 978-986-302-030-1(平裝)

857.7　　100026415

蝴蝶館 53

長春

作　　者／蝴　蝶
發 行 人／詹慶和
總 編 輯／蔡麗玲
執行編輯／蔡毓玲・蔡竺玲
編　　輯／林昱彤・黃薇之・劉蕙寧・詹凱雲
執行美編／王婷婷
美術編輯／陳麗娜
封面設計／斐類設計

出版者／雅書堂文化事業有限公司
郵政劃撥帳號／18225950
戶名／雅書堂文化事業有限公司
地址／新北市板橋區板新路206號3樓
電子信箱／elegant.books@msa.hinet.net
電話／（02）8952-4078
傳真／（02）8952-4084

2012年01月初版一刷　定價220元

總經銷／朝日文化事業有限公司
進退貨地址／新北市中和區橋安街15巷1號7樓
電話／（02）2249-7714　傳真／（02）2249-8715
星馬地區總代理：諾文文化事業私人有限公司
新加坡／Novum Organum Publishing House (Pte) Ltd.
20 Old Toh Tuck Road, Singapore 597655.
TEL：65-6462-6141　FAX：65-6469-4043
馬來西亞／Novum Organum Publishing House (M) Sdn. Bhd.
No. 8, Jalan 7/118B, Desa Tun Razak, 56000 Kuala Lumpur, Malaysia
TEL：603-9179-6333　FAX：603-9179-6060